www.tredition.de

AF205049

SIE MICH AUCH!

Neun skurrile Storys über Typen,
die Ihnen bekannt vorkommen werden...

2. Auflage (2019)
Originaltitel: Stefan Ralph: „SALVA VENIA, SIE MICH AUCH!" (2016)
All rights reserved

@Kontakt: **buchkritik.2019@gmail.com**

Verlag: tredition GmbH, Halenreie 40-44, 22359Hamburg

ISBN
Paperback	978-3-7482-4581-0
Hardcover	978-3-7482-4582-7
e-Book	978-3-7482-4583-4

Layoutgestaltung: Y. Gad

INHALT

PROLOG

Man kommt kaum gegen sie an: Die Nervensägen, Neider, Abzocker, Kleingeister und Stressmacher, die uns tagtäglich umgeben - beruflich wie privat. Einigen von ihnen werden Sie in diesem Buch nun schon wieder begegnen, allerdings auf äußerst unterhaltsame Art und Weise. Entspannen Sie sich bei der Lektüre in der Gewissheit: Anderen geht es auch nicht besser.

Die Geschichten: teilweise heiter, teils bitter böse, ohne Happy-End-Garantie - wie im wahren Leben eben.

Die Protagonisten: chronische Dilettanten, anstrengende Bekannte und unerträgliche Chefs, der Partner im eigenen Bett oder der Nachbar, der mit großer Leidenschaft heimlich die Betten der anderen observiert.

Sicherlich erkennen Sie als außenstehender Beobachter dieser Scripted Reality schnell die Sinnlosigkeit vieler Konflikte, mit denen wir uns das Leben oft unnötig schwermachen. Die Erlebnisse offenbaren alle Facetten menschlicher Abgründe - wie wir eben so sind - wenngleich es auch hinreichend heitere Begebenheiten gibt. Die im jeweiligen Kapitel genannten Protagonisten sind häufig die Quelle aller Querelen - aber nicht immer. Ziehen Sie am besten Ihre eigenen Schlüsse aus den mitunter unangenehmen, aber auch kuriosen und spannenden Ereignissen in Ihrer potentiellen, unmittelbaren Nähe...

Alle Stories sind frei erfunden - angeregt von realen Meldungen und wahren Fällen. Ähnlichkeiten mit noch lebenden oder verstorbenen Personen wären zufällig und sind nicht beabsichtigt.

1
DER NEUROTISCHE NACHBAR

Dr. Hermann von Hohlstetten erschien auf den ersten flüchtigen Blick elegant, angenehm und hochgebildet. Bei näherem Kennenlernen jedoch entpuppte er sich als unausstehlicher Kleingeist, Erbsenzähler und Denunziant, der seit nunmehr fast einem viertel Jahrhundert am Ende dieser Reihenhaussiedlung in einem aufsteigenden Vorort von Frankfurt am Main, gewissermaßen am Fuße des Taunus, nicht einfach nur beschaulich wohnte, sondern dort regelrecht sein Leben vermiesendes Unwesen trieb.

Aus Dessau kam von Hohlstetten, ein gebürtiger Saarländer. Noch vor der Wende fand er wieder zurück in die Bundesrepublik, wobei bis heute unklar geblieben ist, ob die Genossen ihn allein wegen seines widerlichen Querulantentums in den Westen entsorgt hatten.

Als Gastgeschenk der besonderen Art brachte von Hohlstetten seinen neuen Mitbewohnern eine ganz spezifische DDR-Errungenschaft mit: Er verstand sich perfekt aufs Schikanieren und Observieren seiner Nachbarn, weshalb er in der Siedlung von einigen bald nur noch *Mielke* genannt wurde. Viele fernere, aber vor allem nähere Nachbarn hielten es in der

Mozartstraße nicht lange aus; sie kapitulierten in der Regel bereits nach wenigen Jahren und suchten das Weite. Zu nervenaufreibend war der Kampf um zu hohe Hecken, zu laute Kinder, das Wegerecht an seinem Grundstück, das Laub von rechts oder der Dackel von links.

Nur an einer, inzwischen 82jährigen, noch sehr rüstigen, sehr energischen und durchsetzungsstarken Frau, von der es hieß, dass man ihr die Haare auf ihren Zähnen mit einem Rasenmäher entfernen müsse, biss sich von Hohlstetten *seine* Zähne aus. Für Dora Liebeskind war dieser Konflikt mit dem Herrn von Adel ein hoch willkommenes Lebenselixier, das ihr Rentenalter in eine äußerst spannende Erlebniswelt verwandelte. Nur ungern ging Dora einem Streit aus dem Weg, was sie gerne zugab. So sah sie in Hermann von Hohlstetten schlicht die Herausforderung ihres Seniorenlebens, ihren Kampfbeschleuniger. Von ihr stammte der unnachgiebige Ausspruch: *Ich habe nicht die Nazis überlebt, um vor diesem Widerling zu kapitulieren. Bevor man mich mit den Füßen zuerst aus meinem Haus trägt, wird von Hohlstetten erledigt sein!* Dieser Vorsatz wurde Programm für Dora Liebeskind.

Auf seinen Doktortitel legte er großen Wert. Germanist und Philologe sei er, betonte von Hohlstetten in steter Regelmäßigkeit, um den Bildungsunterschied klarzumachen. Alles in allem speicherten ihn neu zugezogene Nachbarn bereitwillig als redlichen, fleißigen und zivilisierten Herrn ab. Auch Familie Eberling tat dies zunächst. Erst als etwa vier Monate nach ihrem Einzug urplötzlich zwei sehr reserviert auftretende Damen des Jugendamtes unangemeldet vor ihrer Tür standen, die, wie sie knallhart formulierten, einer anonymen Anzeige aus der Nachbarschaft wegen Kindesmisshandlung nachzugehen hätten, schwante der völlig überraschten Mutter nichts Gutes. Als die beiden Damen dann auch noch vorwurfsvoll einige eindeutige Wortfetzen aus dem sehr heftigen Streitgespräch, das sie mit ihrer achtjährigen Tochter gehabt hatte, zitierten, begann sie den Übeltäter zu erahnen.

„Ja", gestand Evelyn. Sie hatte im Badezimmer bei weit geöffnetem Fenster, ihrer bummelnden Tochter - es war bereits nach 22 Uhr - ein Donnerwetter sowie das berühmte Blaue Wunder angedroht, würde sie sich nicht endlich bettfertig machen. Und dies alles natürlich nicht gerade in Zimmerlautstärke. Es war eine strittige Auseinandersetzung, wie sie in allen Familien an der Tagesordnung ist, zugegeben, aber bei weitem keine Kindesmisshandlung. Für Hermann von Hohlstetten, der, was seine direkte Nachbarschaft betraf, über sehr lange Ohren verfügte, war diese Mutter-Tochter Auseinandersetzung Anlass für einen intriganten Lauschangriff. Ungeniert hing sich der promovierte Vollakademiker weit aus seinem Küchenfenster, um so ja jedes Wort mitzubekommen. Er war in seinem Element. Freudig erregt erkannte er die irre Gelegenheit, den neuen Nachbarn eine gehörige Portion Schwierigkeiten ins Haus zu schicken. Kindesmisshandlung schoss es ihm durch den Kopf, das war eindeutig Kindesmisshandlung. Und da er sich dank einer fehlenden sinnvollen Altersbeschäftigung für jeden und alles zuständig fühlte, beschloss von Hohlstetten seinen neuen Nachbarn das Jugendamt auf den Hals zu hetzen. Und dies obwohl ihm Kinder eher lästig sind. Mit diebischer Freude hatte er den Besuch der beiden Damen vom Jugendamt wie einen Sieg verbucht. Natürlich hatte er zufällig in seinem Vorgarten, der allwöchentlich von einem pensionierten Gärtner gepflegt wurde, zu tun, um ja nicht zu verpassen, wie lange sie der jungen Frau Eberling die Hölle heiß machten. Seine große, hinterhältige Hoffnung war es, mitzuerleben, wie sie ihr möglicherweise wegen seiner Anzeige das Mädchen wegnehmen würden. Aber er hatte sich verkalkuliert. Ohne das Mädchen traten sie vor die Haustür, sahen sich kurz um, erblickten von Hohlstetten in seinem Garten und stellten diesen spontan zur Rede:

„Verdanken wir Ihnen diese anonyme Anzeige?" Beide standen jetzt direkt vor seinem Vorgarten.

„Das wäre gegen mein Bildungsniveau", sagte er

abweisend, drehte sich um und ging ins Haus.

„Also doch!" resümierten beide.

Hermann von Hohlstetten kochte. Was hatte er nur falsch gemacht, um sich so eine Frage bieten lassen zu müssen? Wutentbrannt stapfte er in den hinteren Teil seines Gartens, vermaß mit einem Blick kurz die Grenze zu den Eberlings, holte aus seinem Geräteschuppen Schaufel und Schubkarre und begann mit einem verbissenen Lächeln seinen übel riechenden Komposthaufen umzubetten, und zwar in direkter Luftlinie zu dem ehelichen Schlafzimmer der Eberlings. Boshafterweise hielt er den vorgeschriebenen Abstand zur Grundstücksgrenze zentimetergenau ein. Dieser muffig-modrige Haufen war also nicht zu beanstanden, ganz gleich wie sehr er stank. Die erledigte Arbeit bereitete Hermann von Hohlstetten eine Art inneres Glücksgefühl. Nachdem er geduscht hatte, setzte er sich an seinen Schreibtisch und nahm seine Agenda zur Hand, um seine Aufzeichnungen zu kontrollieren.

Doras Kiefer, dritter Angriff

las er und fiel sofort in hektische Betriebsamkeit.

In seiner Kellerwerkstatt präparierte er flugs seine 20 Liter Gießkanne mit 150 Milliliter Schwefelsäure, stellte sie sodann in seinem Geräteschuppen ab, und wartete die hereinbrechende Nacht ab.

Dora Liebeskind war bei ihm gründlich in Generalverschiss geraten, weil sie seinem Nachbarn, dem Vorgänger der Familie Eberling, in einem absurden Rechtsstreit *Feuerschutz* gewährt hatte, dank dessen von Hohlstetten in zweiter Instanz mit Pauken und Trompeten verloren hatte. Neben dem Ärger hatte er nun auch noch knapp 2000 Euro weniger auf seinem Konto. Es war wohl die teuerste Hundescheiße seines Lebens. Denn mit steter Regelmäßigkeit hatte von Hohlstetten innerhalb eines halben Jahres Heribert Blume mehrfach nachts extra weichen Hundekot an dessen Schlagläden geworfen. Dora Liebeskind war rein zufällig auf *Mielke* gestoßen. Unbemerkt hatte sie beobachten und fotografieren können, wie dieser gerade etwas sehr Absurdes tat: Er sammelte die Hinterlassenschaften der besonders weichen Konsistenz. Und als sie schließlich von dem Rechtsstreit *Blume vs. Hohlstetten* erfuhr, mischte sie sich hoch erfreut ein, präsentierte dem Richter ihre Beweisfotos, und haute damit von Hohlstetten genüsslich in die Pfanne.

Diese fatale Niederlage betrachtete er als eine noch nicht beglichene Rechnung mit dieser streitbaren Hexe, wie er sie bereits mehrmals nannte. Aber er arbeitete emsig daran - und zwar mit seiner Gießkanne. Zweimal hatte er bereits Doras prächtige Kiefer mit einem Säuregemisch attackiert. Kurz nach

2 Uhr nachts, als alle tief und fest schliefen, grub er rund um den Stamm eine 30 cm tiefe Furche, goss sein ätzendes Gebräu hinein und schüttete die Furche wieder ordentlich zu, sodass keine Spuren sichtbar blieben. Nach seiner Berechnung müsste die Kiefer spätestens nach der sechsten Behandlung eine erste Wirkung zeigen. Wäre da nicht Doras neugieriger Terrier gewesen. War es eine Ironie des Schicksals oder aber nur die gerechte Strafe, die der bösen Tat so gerne auf dem Fuße folgt? Hermann von Hohlstetten hatte es jedenfalls schon geraume Zeit auch auf Doras Liebling abgesehen, diesen unerträglichen Kläffer. Und da ihm bekannt war, dass Knochen, im Übermaß verabreicht zu massiven Verstopfungen führen konnten, verwöhnte er den kleinen Kerl großzügig damit. Als er am späten Vormittag, nach seinem dritten nächtlichen Kiefern-Attentat, klammheimlich Terrier Benno einen stattlichen Rindsknochen über den Zaun geworfen hatte, ließ er dummerweise den Hund aus den Augen. Er konnte also nicht verfolgen, was der Terrier mit dem viel zu großen Knochen dieses Mal anstellte. Wohl auch weil er noch viel zu frisch war, und somit über keinerlei Hautgout verfügte, vergrub Benno ihn erst einmal, und zwar am Stamm der Kiefer, wo die Erde so schön locker war. Als von Hohlstetten von seinem Zahnarzttermin zurückkehrte, herrschte vor dem Haus von Dora Liebeskind große Aufregung. Ein Wa-

gen der Polizei, sogar ein Rettungsmobil der örtlichen Tierstation parkte vor Doras Haus. Die beiden Beamten, der Mann vom Tierschutz und der Tierarzt der Stadt diskutierten erregt. Zu ihren Füßen lag der leise vor sich hin wimmernde Benno. Regelmäßig versorgte der Tierarzt Maul und Nase des Hundes mit einem Spray, um ihm so Linderung bei seinen starken Verätzungen zu verschaffen. Der schrille, nicht zu überhörende Aufschrei von Dora Liebeskind riss Herman von Hohlstetten aus seinen Gedanken.

„Der war es! Dieser Kerl hat es getan! Jetzt bist du reif! Weggesperrt musst du werden..."

Von Hohlstetten beschlich erstmals seit langem ein unangenehmes Gefühl. Vorsichtig, um nur nicht entdeckt zu werden, schlich er sich in seinen Garten und nahm aus der Deckung heraus den Kiefernstamm ins Visier. Was er sah, war ihm Antwort genug: Ein ansehnlicher Erdhaufen türmte sich am Stamm auf, und ein Teil des Knochens ragte noch aus dem Loch. Den Rest konnte er sich denken.

„Na und?" dachte er nur, und beruhigte sich wieder. Auch als er zwei Männer in weißen Schutzanzügen an der Kiefer beim Graben beobachtete, behielt er vordergründig die Ruhe. Am Abend war das ganze Spektakel vor Doras Haus vorbei und vergessen. Hermann von Hohlstetten konnte bereits über seine nächste Attacke nachdenken.

Bis es kurz nach 22 Uhr an seiner Tür klingelte.

Nach dem Öffnen blickte er auf ein weißes Formular, auf dem auf den ersten Blick zu lesen war: *Durchsuchungsbefehl*. Ab sofort war der Herr von Adel nicht mehr sein eigener Herr im Hause. Vier sich nahezu lautlos durch das Haus bewegende Beamte stellten jetzt dem konsternierten Vollakademiker seine Bude auf den Kopf. Nacheinander jedoch meldeten die Beamten dem leitenden Staatsanwalt: Dachgeschoss negativ, erster Stock negativ. Als ihm schließlich auch noch das Parterre negativ gemeldet worden war, fiel dem Staatsanwalt das erleichterte Lächeln von Hohlstettens auf, und er befahl:

„Und jetzt Keller und Geräteschuppen!"

Dass das nur eine Falle war, konnte von Hohlstetten allerdings nicht ahnen. Denn als sich daraufhin dessen Gesicht erkennbar verfärbte, wusste der Staatsanwalt, dass sie dort fündig werden würden. Und sie wurden fündig.

„Herr von Hohlstetten, Sie werden uns begleiten müssen!"

Mehr sagte der Staatsanwalt nicht. Er wies nur auf die beiden 5 Liter Kanister mit Schwefelsäure hin, und die bereits präparierte Gießkanne, die sichergestellt worden waren.

„Darüber werden wir uns unterhalten müssen."

„Wie bitte? Ich glaube es nicht! Wegen dieser Belanglosigkeit machen Sie so ein Theater? Ein blöder Baum, ein kläffendes, elendes Vieh - na und? Ich glaube, Sie haben Besseres zu tun als hier Lappalien hochzuspielen!"

„Sie haben die hier spielenden Kinder vergessen, Herr von Hohlstetten, die Sie mit Ihrem Unsinn in Gefahr gebracht haben", erwiderte der Staatsanwalt ungerührt, „also kommen Sie!"

„Einen Teufel werde ich tun. Sie werden mich nicht...", doch da klickten bereits die Handschellen. Hermann von Hohlstetten verschlug es die Sprache. Die Peinlichkeit, so vor seinen ungeliebten Nachbarn abgeführt zu werden, war nicht mehr zu überbieten.

„Jetzt haben sie diesen Fiesling", triumphierte Dora Liebeskind laut und nicht minder begeistert, die mit zahlreichen Nachbarn jetzt dem Festgenommenen wie eine Ehrenformation der Bundeswehr Spalier stand.

War es Trotz oder war es nur dumme Arroganz, die ihn zu der bezeichnenden Aussage verleitete:

„Ich bin mit euch noch lange nicht fertig!"

Jedenfalls entgegnete der Staatsanwalt bedacht ruhig:

„Sehen Sie, Herr von Hohlstetten, auch deshalb nehmen wir Sie jetzt mit."

Immer noch um Fassung ringend, wühlte von Hohlstetten im Polizeiauto hektisch in seinen Taschen. Einen kleinen Zettel suchte er, auf dem der Name und die Telefonnummer einer Anwältin notiert waren, die - wie er seinerzeit missbilligend zur

Kenntnis nahm - in diesem reinen Wohngebiet eine Rechtsanwaltskanzlei betreiben wollte. Und das zu vereiteln hatte er sich bereits vorgenommen, aber jetzt brauchte er erst einmal ihre Hilfe. Und zwar sofort. Umso überraschter war von Hohlstetten, als ihm vom Staatsanwalt das Handy mit einem milden Lächeln aus der Hand genommen wurde:

„Das machen wir alles von meinem Büro aus."

Da die Beweise gegen ihn sprachen, verlegte sich von Hohlstetten erst gar nicht aufs Leugnen, sondern begann in seiner akademisch überheblichen Art alles herunterzuspielen. Ja, er verstieg sich sogar zu dem dreisten Versuch, den Staatsanwalt in sein Vollakademikerboot ziehen zu wollen.

„Sie wissen doch so gut wie ich, Herr Oberstaatsanwalt..."

„Staatsanwalt", korrigierte dieser gelassen, „...wie das mit diesen Leuten da draußen ist. Da muss schon einer sein, der für Ordnung sorgt."

„Aber doch wohl nicht mit Schwefelsäure! Was dachten Sie sich dabei?"

„Es gibt viele Wege, Leute zur Vernunft zu bringen. Dieser Baum, der störte nur. Das mit dem Hund war dummer Zufall, aber eigentlich auch nicht schlecht. Diese streitsüchtige Hexe macht einem ja nur das Leben schwer, Herr Staatsanwalt."

„Und Sie gefährden gleich anderer Leute Gesundheit?"

„Kommen Sie, das sind doch alles nur Bagatellen. Das wird Ihnen auch meine Anwältin klarmachen."

Im Präsidium angekommen zog sich diese Kommunikation noch bis zum Eintreffen der Anwältin, die von Hohlstetten rasch erreichte, und den Dialog auf einer sachlichen Basis schließlich zu einem für ihn erfreulichen Ende brachte.

Er war noch mal davon gekommen. Diese clevere und taffe Anwältin, Corinna Bytow, hatte es problemlos mit ein paar Sätzen geschafft, den etwas sturen, hessischen Staatsanwalt zu bezirzen, ihren Mandanten rasch - wohlgemerkt gegen ein paar Auflagen - sofort wieder auf freien Fuß zu setzen und damit erneut auf seine Nachbarn loszulassen. Das Gefühl dieses Triumphs wollte und konnte der alte Querulant nicht verbergen. Er hatte ja schließlich Recht, so seine feste Überzeugung. Und so verließ er mit erhobenem Kopf, und der kompetenten und äußerst attraktiven Juristin an seiner Seite, das Präsidium. Wie extrem attraktiv er sie fand, wurde ihm zum ersten Mal in ihrem kleinen BMW Cabrio bewusst. Ein solch intensives Gefühl hatte von Hohlstetten schon lange nicht mehr empfunden. Diese außergewöhnlich hübsche - und bis dahin aus seiner Sicht noch äußerst sympathische - Frau hatte Emotionen in ihm freigelegt, die schon seit vielen Jahren verschüttet gewesen waren. Er wollte und konnte in diesem Moment nicht leugnen, dass sie ihm gefiel und Begehrlichkeiten weckte, die über das normale Maß hinausgingen.

Vor ihrer kleinen, künftigen Kanzlei angekommen - von Hohlstetten wollte die wenigen Meter zu seinem Haus schräg gegenüber zu Fuß zurücklegen - parkte sie ihren Wagen gekonnt unter dem engen Carport direkt neben der Haustür, stellte den Motor ab, und wandte sich noch einmal dem alten Herrn rechts neben ihr eindringlich zu:

„So glatt wie heute wird das nicht immer laufen, Herr von Hohlstetten. Finden Sie nicht, dass Sie manchmal etwas zu weit gehen?"

Und nach einem ersten kurzen Schockmoment seinerseits ergänzte sie: „Haben Sie schon einmal über professionelle Hilfe nachgedacht, Herr von Hohlstetten? Ich kenne einen guten, befreundeten Psychologen."

Sekunden nach dieser Frage hatte sie den Eindruck, ihm würde auf der Stelle das Gesicht einfrieren.

„Wollen Sie mir etwa unterstellen, ich sei verrückt? Ein Psycho? Der nicht ganz richtig tickt?"

Ohne ihr die Chance einer Antwort zu lassen, nestelte er hektisch aus seiner Brieftasche einen 200 Euro Schein und hielt ihn ihr vor die Nase. Ohne sie eines Blickes zu würdigen - denn ihre Schönheit peinigte ihn unsäglich - sagte er mit schneidender

Stimme: „Das wird wohl für Ihre Bemühungen reichen. Und im Übrigen nur so viel zu Ihrer unverschämten Frage: Einer muss hier ja für Ruhe und Ordnung sorgen!"

Erst als er aus ihrem Wagen gestiegen war, fühlte er sich wieder etwas wohler. Demonstrativ sah er sich rechts und links in der Straße um. Er wollte sich allen neugierigen Nachbarn wieder als freien Menschen präsentieren. Triumphierend wanderte so sein Blick von Haus zu Haus, während die Anwältin noch ihren Wagen abschloss.

Seht her, ich bin wieder da! Mir kann keiner was, auch du nicht, dämliche Anwältin, dachte er, und versuchte sie überheblich zu ignorieren.

Doch was dann geschah, versetzte ihm einen Schlag, der ihn die ganze Nacht nicht zur Ruhe kommen ließ.

Von Hohlstetten stutzte, als plötzlich die Haustür der Kanzleiwohnung aufging und eine etwa 30jährige Frau lächelnd heraus trat, auf seine Anwältin zulief, sie innig begrüßte und dabei zärtlich, aber intensiv auf die Lippen küsste.

Was soll denn das? fragte er sich ungläubig, stierte die beiden fassungslos an, und konnte seinen Blick nun gar nicht mehr abwenden.

„Darf ich vorstellen: Anja Scherer, meine Lebensgefährtin..."

Ohne auch nur eine Silbe zu erwidern, verließ

von Hohlstetten konsterniert den Schauplatz und steuerte in ungewöhnlichem Tempo, leise tobend seinen Vorgarten an. Auf dem Weg zuckte unkontrolliert seine linke Schulter und er musste heftig nach Luft schnappen, eine Macke oder Neurose, die immer dann einsetzte, wenn ihn etwas besonders erregte oder aufwühlte. Schon seit Jahren ging das so. Steuern konnte er es nicht.

„Zwei Lesben hier in unserer Siedlung haben uns gerade noch gefehlt", schimpfte er grimmig in sich hinein. Seine ernsthaften Hoffnungen auf ein wie auch immer geartetes Abenteuer zerplatzten jäh und machten einer unbändigen Wut Platz, aus der ein neuer, verhängnisvoller Plan erwuchs. Hermann von Hohlstetten hatte wieder eine Aufgabe.

Die nächsten Abende - und weite Teile der Nacht - verbrachte er ab sofort in seiner *Observationszentrale* unter dem Dach seines Hauses. Von hier aus konnte er nämlich mit entsprechendem Equipment ungeniert und vor allem unbemerkt aus sicherer Entfernung am Liebesleben der beiden Lesben teilhaben - wenn auch nur passiv. Dass sich seine *Stellung* bestens für tiefe Einblicke in die Wohn- und Schlafräume über der Kanzlei eignete, denen er bis vor wenigen Tagen kaum Beachtung geschenkt hatte, wurde ihm erst jetzt so richtig bewusst. Und außer ein paar Bienen, die sich zwischen dem Gebälk anscheinend gerade ein neues Zuhause einrichteten, störte ihn dabei niemand.

Die beiden wunderschönen, sehr erotischen Körper, die er nun schon mehrere Abende bei ihren Sexspielen *qualvoll* miterlebte, gehörten seiner festen Überzeugung nach in Männerhand. Angeturnt und aufgegeilt hielt er ihr Treiben für die reinste Verschwendung. Was machten die beiden miteinander, was er nicht auch zu leisten im Stande gewesen wäre? So jedenfalls sah er es, wenn die beiden mit diversen Hilfsmitteln einen Mann ersetzten. Er litt wie ein Hund unter seiner Statistenrolle, die von einer sexuellen Erfüllung so unendlich weit entfernt war.

Von Frust geplagt traf er am neunten Tag seiner Observation eine infame Entscheidung. Nach dem selbst gestrickten Motto *Was ich nicht darf, sollt auch ihr nicht dürfen,* begann er sein zerstörerisches Werk und stellte Abend für Abend besonders scharfe und sehr intime Szenen unter Ausblendung der Gesichter ins Internet. Einzig mögliche Erkennungsmerkmale waren ein von der Form her etwas ungewöhnlicher Leberfleck am Oberschenkel der Anwältin und ein kleiner Zitronenfalter, den ihre Freundin auf der Seite unterhalb des Schulterblatts auf Busenhöhe tätowiert hatte.

Und so nahm das Verhängnis seinen Lauf.

Ausgerechnet ein enttäuschter Ex-Liebhaber aus Corinnas erotischer Frühzeit entdeckte beim Surfen auf nicht ganz jugendfreien Seiten in einem vielbesuchten Lesbenforum diese aufregende Frau mit dem markanten Leberfleck am rechten Oberschenkel zusammen mit ihrer Sexgespielin. Für Lorenz, den liberalen Italo-Deutschen stand außer Zweifel: *Seine* Corinna hatte die sexuelle Seite gewechselt. Doch das war für ihn kein Problem. Dass sie sich allerdings einem derart großen Publikum im Netz in so schamloser Art und Weise zur Schau stellte, irritierte ihn dann doch. Mit Wehmut erinnerte er sich an seine frühere Freundin und Kommilitonin, die angehende Anwältin, der er immer noch wohl gesonnen war. Ihre Nummer hatte er stets griffbereit.

Doch zunächst gönnte sich der italienische Single-Macho noch das vor ihm liegende Wochenende und genoss die erotischen Darbietungen, die in unregelmäßigen Abständen aktualisiert wurden.

Es war der darauf folgende Montag, Punkt 9:30 Uhr, als bei Corinna Bütow die Bombe in Form dieser SMS einschlug:

www.los-lesbiana69x.net/heisse_einblicke,
Schöne Grüße, Lorenz

Als Anhang diente ein Foto, das den markanten Leberfleck klar und deutlich in Großaufnahme doku-mentierte. Corinna war für den Augenblick fassungs-los. Dann schließlich wählte sie seine Nummer:

„Was soll das? Was willst du von mir?" fragte sie erstaunlich beherrscht.

Statt auf ihre Frage zu antworten, machte er ihr dieses Kompliment:

„Du bist im Bett immer noch so hinreißend gut wie bei mir!"

„Ich verstehe nicht, was meinst du damit?"

„Dann schau dir einfach mal diese Internetseite an. Wir sollten dann noch einmal darüber reden."

Was Corinna Bütow sah, ließ ihren Atem stocken. Entsetzt und voller Scham sah sie sich mit ihrer Freundin bei ihren intimsten Beschäftigungen. Fie-berhaft überlegte sie, wer noch alles diesen eindeu-tigen Leberfleck als den ihren identifizieren, und so eine unsaubere Propagandaaktion gegen sie in Gang setzen könnte. Über Anjas Vergangenheit wusste sie nur so viel, dass diese nie eine intime Beziehung mit einem Mann hatte. Ihr Handy riss sie aus ihren chao-tischen Überlegungen.

„Ich will dir nichts Böses, Corinna", meldete sich Lorenz wenig später erneut bei ihr, „aber wenn diese Bilder nicht von euch ins Netz gestellt worden sind, dann will dir jemand ganz fies ans Leder. Weißt du, wo ihr bei diesen Aufnahmen wart?"

„Moment," keuchte sie nur, stürzte die Treppe hoch in das gemeinsame Schlafzimmer, ließ den Blick vom Bett aus dem Fenster schweifen, und landete am Haus von Hermann von Hohlstetten, dem sie noch vor wenigen Tagen in die Freiheit zurück verholfen hatte.

„Lorenz, bist du noch dran? Das muss ganz eindeutig von unserem Nachbarn kommen, ein Mandant von mir. Dieses verdammte Schwein!"

„Dann musst du jetzt etwas tun."

Ihre Gedanken überschlugen sich. Wo verteidigen, wo angreifen und vor allem: Wie das Ganze organisieren? Um Schadensbegrenzung bemüht bat Corinna Lorenz, sie im Rahmen seiner Möglichkeiten zu unterstützen, denn auch er war längst als gewiefter Jurist tätig, und zwar als äußerst angesehener Richter.

Ansonsten wollte sie unter keinen Umständen weitere ehemalige Kommilitonen oder heutige Berufskollegen in diese unangenehme Geschichte involvieren, zumal sie nach wie vor davon ausging, nicht erkannt zu werden, bei ihrem doch recht überschaubaren bisherigen Liebesleben.

Hermann von Hohlstetten befand sich in einem absoluten Hoch. Mit diabolischem Vergnügen registrierte er die Aufgeregtheit der beiden Frauen, die immer wieder prüfend von ihrem Schlafzimmer wild diskutierend zu seinem Haus rüberschauten. Er war sich mit großer Genugtuung sicher, dass die beiden ihn für den Übeltäter hielten, was bei ihm Freude auf ganzer Linie auslöste.

Jetzt war es an der Zeit, diesen Erfolg mit einem Glas Champagner zu feiern. Die eisgekühlte Pulle stand bereits auf dem kleinen ovalen Tisch aus hellem Holz, unter dem er sein Beobachtungsequipment samt Kamera gelagert hatte, und der etwas versetzt unter dem Dachfenster stand, wo sich die Hitze bei nahezu karibischen Temperaturen inzwischen staute. Routiniert ließ er den Korken knallen und füllte im Hochgefühl seines Sieges das Glas. Er stürzte es förmlich in sich hinein, füllte nach, hielt es gegen das einfallende Sonnenlicht und trank erneut in wenigen Zügen aus. Er konnte sich kaum noch beherrschen, euphorisch schrie er seine Begeisterung über diesen Erfolg in das ihn umgebene Dachgebälk. Mit dem dritten Glas Champagner in der Hand tanzte er laut jauchzend umher, leerte es gierig und holte schließlich glücklich und erschöpft tief Luft, als er plötzlich einen fürchterlich stechenden Schmerz in seinem Hals verspürte. Hermann von Hohlstetten durchrauschte ein finales Glücksgefühl und mit einem zufriedenen Lächeln entließ er das Champagnerglas aus seiner Hand und verlor das Bewusstsein.

Als Lorenz nach zehn Tagen Corinna endlich Vollzug melden konnte, war für sie der Weg frei gegen von Hohlstetten juristisch vorzugehen. Dass der alte Querulant und permanente Störenfried nicht mehr störte, hatten in den vergangenen Tagen immer mehr Bewohner in der Mozartstraße bemerkt. Trotzdem wurde er von niemandem vermisst. Auch Corinna hatte versucht, ihn zu verdrängen, was nicht leicht fiel. Seine sonst so ärgerliche Präsenz war einer wohltuenden, nachbarschaftlichen Ruhe gewichen. Als ihr schließlich der inzwischen eingeschaltete Staatsanwalt in einem sehr persönlichen Gespräch eröffnete, Hermann von Hohlstetten polizeilich vorführen zu lassen, weil er die gegen ihn ergangenen Vorladungen bisher ignoriert hatte, war sie sichtlich erleichtert, denn die kompromittierenden Videoclips waren noch immer online, wenngleich seit längerem nichts mehr aktualisiert worden war.

Von ihrem Arbeitszimmer aus konnte sie verfolgen, wie die Beamten bei von Hohlstetten anrückten, er aber keine Anstalten machte, die Tür zu öffnen. Als schließlich der Staatsanwalt die gewaltsame Öffnung des Eingangs anordnete, hielt es Corinna nicht mehr hinter ihrem eigenen Zaun aus.
Sie wollte gerade eintreten, als ihr ein ekelhafter Verwesungsgeruch den Atem nahm. Mit einem Ta-

schentuch vor seinem Gesicht hielt der Staatsanwalt sie davon ab, das Haus zu betreten.

„Bitte ersparen Sie sich das. Es ist ein schrecklicher Anblick."

Nur ein diffuses Summen war noch zu vernehmen, wenn man ganz genau hinhörte.

2
DER KRUDE KOCH

In Handschellen führten sie Kilian van Klee aus dem Seiteneingang seines Restaurants ab. Bei der vorausgegangenen, unaufgeregten Durchsuchung seines Lokals und der darüber liegenden Privaträume an diesem schwülen Montagmorgen gegen halb fünf, stellten die Beamten Reste von Rattenfleisch sicher, halbierte und bereits ausgenommene Katzen, einen ausgenommenen Fuchs und jede Menge undefinierbare, blutige Fellreste, die das Labor nun näher zu bestimmen hatte. Sichtlich angewidert waren die Beamten von einem großen schwarzen Plastikeimer, der anscheinend schon seit Tagen voller übel riechender Innereien unter einem alten Holztisch platziert worden war.

Was genau die Gäste dieses gut eingeführten Trend-Lokals in den vergangenen Monaten so alles zu sich genommen hatten, wusste in diesem Moment allein nur Kilian van Klee selbst. Sicher aber war für die Beamten schon jetzt: Sein Fleischangebot ging weit über das auf der Speisenkarte angebotene hinaus. Und das schon seit einiger Zeit.

Kilian van Klee war Koch aus Überzeugung. Daher stellte sich auch nie die Frage, wer nach dem plötzlichen Tod seines Vaters Arthur das Szene-Restaurant in der Taunusallee übernehmen würde. Der Fall war klar.

Es war kein großes, aber ein sehr begehrtes und gemütliches Restaurant, das sein Vater nun schon dreißig Jahre erfolgreich betrieben hatte. Ohne frühzeitige Reservierung war kaum ein Tisch zu bekommen. Vor allem bei Besserverdienern und all denen, die sich dafür hielten, war das *Van Klee*, dessen verheißendes, goldenes Kleeblatt schon von weitem über dem Eingang zu erkennen war, mehr als nur angesagt. Die gute Lage am Rhein unweit des Landtags und die Nähe zu zwei großen internationalen Banken sorgten dafür, dass die Upperclass hier täglich ein und aus ging. Auch nach dem Tod Arthur van Klees blieb das zunächst noch eine ganze Weile so.

Gemüse und sonstige Zutaten im *Van Klee* waren immer frisch und die Fleischqualität rechtfertigte stets die hohen, aber nicht unrealistischen Preise. Aus Sicht seines Sohnes aber hätte die Gewinnspanne schon lange viel höher sein können, sein *müssen*.

Kilian sah im Tod des Vaters seine große wie einzige Chance. Er wusste um all seine kulinarischen Kleingeister aus Wirtschaft und Politik, die sich besser mit Zahlen und Bilanzen auskannten oder - aus seiner Sicht - virtuos ihre Wähler verarschten. Dass diese besitzgeilen Großkotze gutes von schlechtem

Fleisch nicht zu unterscheiden vermochten, war Kilian lukrative Gewissheit. Doch bisher stand ihm sein qualitätsbewusster biederer Vater abweisend im Wege. Dessen Qualitätsanspruch aber begegnete der Sohn nur mit Unverständnis. *Erst kommt das Fressen, dann die Moral!* zitierte er Brecht. Doch mit seinem Vater war diesbezüglich kein Deal zu machen, zumal der Lebensunterhalt mehr als gesichert war. Die Preise waren angemessen, die Gäste zufrieden, das war ihm wichtig. Und so lange er hier der Chef war, blieb das auch so. Doch als vor knapp einem Jahr Arthur van Klee ganz plötzlich starb, war für Kilian die Stunde gekommen.

Die Idee, nicht nur mit billigem Fleisch, sondern womöglich mit extrem billigem Fleisch richtig Kasse zu machen, kam Kilian eines Morgens während der Lektüre seiner Tageszeitung. Seit längerem schon beherrschte ein Lebensmittelskandal nach dem anderen die Nachrichten. Doch dieses Mal war der Etikettenschwindel von größerem Ausmaß. Kontrollen schien es kaum mehr zu geben, und wenn, schienen sie regelmäßig zu versagen. Kaum einer hatte den Durchblick. Mehrere europäische Länder umfasste der Skandal bereits.

Pferd statt Rind oder *Rentier* stellte er also mit großem Interesse über seinem vermeintlichen Bio-Frühstücksei sitzend fest. Heraus geschmeckt hatte das in ganz Europa bisher kein Mensch. Ohne die irische Lebensmittelaufsicht würden sich noch heute alle mit den betroffenen Produkten bei ihren allzeit so beliebten Billig-Discountern eindecken. Und das ohne schlechtes Gewissen oder einen faden Beigeschmack, dessen war sich Kilian sicher.

Wenn also für all diese Konsumenten in erster Linie das Sparen so angesagt war, weil Geiz eben geil war, dann sollte ab sofort Verdienen geil sein, weil das für ihn und seine Kasse ebenso geil war. Denn bei diesen Discountern stimmten die Kassen bekanntlich immer. Wieso also sollte nicht auch er endlich von der Dummheit der Verbraucher profitieren und sein Geschäftsmodell anpassen? Vorbei die Zeiten, in denen Moral und Qualität den Anspruch an sich selbst, beziehungsweise an den seines Vaters selig, definierten.

Ab sofort wird so richtig Kohle gemacht, beschloss Kilian an diesem Tag - und das unwiderruflich. Über das *Wie* zerbrach er sich gerade den Kopf, als seine ihm sehr vertraute Nachbarin Luise Wegener-Weyrich mit einem Problem zu ihm eilte. Die alte Dame bewohnte nebst ihrem arroganten wie verwöhnten Kater Moritz direkt gegenüber ein altes, unter Denkmalschutz stehendes, schmuckes Fachwerkhaus. Sie war so etwas wie die platonische Vertraute seines Vaters gewesen und hatte daher regelmäßig Kontakt zu ihm, *dem Jungen*, wie sie den inzwischen 29jährigen Single Kilian noch immer fürsorglich nannte. Besonders nach dem plötzlichen Tod seines Vaters hatte sie ein wachsames Auge auf seine Arbeit und das Restaurant geworfen, und das lieber einmal mehr als zu wenig. In ihrem verwinkelten Hinterhof, so berichtete sie Kilian kürzlich bei einem Gläschen Riesling, habe ihr Arthur noch wenige Tage vor seinem Tod eine größere Rattenfalle installiert, in der nun zwei Tiere gefangen seien, mit denen sie nicht das Geringste anfangen könne. Und wie Kilian Luise so zuhörte, blitzte in seinem Kopf eine sehr skurrile Erinnerung auf. Spontan erbot er sich, sie von diesen aus ihrer Sicht possierlichen Viechern zu befreien, und sagte ihr darüber hinaus auch die weitere Betreuung dieser Falle zu, was Luise dankbar mit dem Versprechen annahm, demnächst mit ihrem Damenkränzchen zu einem opulenten Dinner am Abend in seinem Restaurant zu erscheinen. Die Eile, die Kilian in Sachen Falle nebst deren Bewohner, augenblicklich an den Tag legte, fiel der alten Dame nicht auf. In einem verschlossenen Plastikeimer verstaut, fanden sich die wohlgenährten Verwandten unserer possierlichen Eichhörnchen wenige Stunden später in der ehemaligen Behausung von Prinz Max zu Baden, des verwöhnten Wellensittichs seines Vaters, wieder. Der gefiederte Adelige hatte den Heimgang seines Herrn nur um wenige Wochen überlebt. Kilian beschloss, die Tiere einige Tage zu verwöhnen. Zudem wollte er herausfinden, ob sie möglicherweise in freier Wildbahn Gift aufgenommen hatten.

Für den Tag X hatte Kilian in seiner Privatküche drei Liter Frischmilch und drei Liter Buttermilch nebst Gewürzen bereit gestellt. Er war entschlossen, jene skurrile Geschichte über den befreundeten Koch seines Vaters in die Tat umzusetzen, der in einer Wette zwölf Freunden ein exklusives Abendessen angeboten hatte. Derjenige von ihnen, der erraten würde, was verzehrt wurde, dem wolle er tausend Euro zahlen. Er musste diese tausend Euro nicht blechen. Denn keiner war in der Lage, das Fleisch, das sie genüsslich verzehrt hatten, zu bestimmen. Dafür aber waren alle Zwölf voll des Lobes über diese Köstlichkeiten. Sein Geheimnis aber, welches Fleisch tatsächlich verzehrt worden war, behielt er für sich.

Die Marinade, die Kilian als eine Art lukullisches Bad für die beiden Nager kreierte, war vom Allerfeinsten. Nach zwei Tagen bereits wurde er das Opfer seiner Neugier: Er musste unbedingt wissen, wie diese so komfortabel eingelegten Tiere schmecken würden. Die Pfanne ließ Kilian so richtig heiß werden. Er wollte bei seinem ersten Experiment das Fleisch, das von einer überraschend zarten Konsistenz war und das nicht unangenehm roch, schön scharf anbraten, wobei er nicht in der Lage war, den Fleischgeruch nach dem Marinade-Bad irgendeinem Tier zuzuordnen. Während die Filetstückchen sehr ähnlich sehenden hellen Fleischstücke in der Pfanne brutzelten, ging Kilian schnuppernd in seiner Küche umher, um sich ein Geruchsbild zu verschaffen. Aber es gab für den erfahrenen Koch keinerlei Auffälligkeiten, die ihn vor mögliche Probleme in seinem Restaurant hätten stellen können. Bereits nach nur zweimal drei Minuten hatte er zwei schön braun angebratene Stücke auf seinem Teller. Experimentell spendierte sich Kilian in Butter gedünstetes Erbsen- und Möhrengemüse nebst zwei Gläsern Wein, einen trockenen Burgunder und einen halbtrockenen Moselwein. Die Überraschung lag ihm angenehm auf der Zunge. Warum auch nicht? Fand er doch auch seine erst kürzlich ausprobierten Mehlwürmer, die er zu exquisiten, wohl schmeckenden Fleischbällchen verarbeitet hatte, durchaus delikat. Ein freches, sehr siegessicheres Grinsen machte sich noch nach Wochen auf seinem Gesicht breit, wenn Kilian an sein erstes Testopfer dachte: Amtsrichter Hugo Gerlach. Der Stammgast seines Vaters, der den Junior seinerzeit wegen zu schnellen Fahrens zu drei Monaten Fahrverbot und 600 Euro Strafe verknackt hatte, obwohl man ihn kaum auf dem Beweisfoto identifizieren konnte, gab sich nach längerer Abstinenz wieder die Ehre. Da der sonst so trockene Jurist überaus jovial wirkte, und ausgesprochen gut aufgelegt seinen Wildschweinbraten lautstark über den berühmten grünen Klee lobte, bedankte sich Kilian auf seine ganz besondere Art. Ihn ritt quasi der Teufel: Auf einem extra Teller, garniert mit etwas Salat, offerierte er dem verehrten Herrn Richter als *Dankeschön* seine neu in die Speisenkarte aufgenommenen Fleischbällchen.

Dass ein so trockener Jurist zu solchen Emotionen fähig war, versetzte selbst Kilian in Erstaunen.

Ähnlich begeistert von ihrem ganz speziellen Menü war auch Marianne Rohrbach, eine alte Freundin seiner Nachbarin Luise Weyrich. Die alte Dame wohnte nur ein paar Häuser weiter. Allerdings nicht weit genug. Denn das nervende, nicht enden wollende tägliche Kläffen ihres kleinen, übergewichtigen Terriers Trixi, hallte permanent durch die ganze Straße. Besonders lästig war das Gebell für Kilian, der häufig bis weit nach 0 Uhr in seiner Küche stand, und für den ein paar Stunden Schlaf in der Mittagszeit oder am frühen Nachmittag oft die einzige Möglichkeit war, etwas Kraft zu tanken, bevor ihm die lukullische Schlacht am Herd wieder alles abverlangte. Aber all seine Bitten, den Hund mittags im Haus zu halten, ignorierte die eigenwillige und schwerhörige Dame konsequent. Also griff Kilian notgedrungen zu einer besonders delikaten Form der Selbsthilfe, um diesem Problem auf weniger subtile Weise Herr zu werden.

Die so plötzlich eingekehrte Ruhe im beschaulichen Viertel war somit nicht der Einsicht der alten Dame geschuldet, sondern der Tatsache, dass Terrier Trixi neben einem von Kilian frisch geschossenen Bock in der Kühlzelle des *Van Klee* seine kühle Ruhe gefunden hatte, und des besseren Genusses wegen dort bereits seit zwölf Stunden abhing.

„Sicherlich taucht er bald wieder auf!" Sichtlich mitfühlend tröstete Kilian die alte Rohrbach, die nicht ahnen konnte, wie schnell sie wieder ganz nah bei ihrem geliebten Hund sein würde, nachdem sie am frühen Abend an Tisch vier im *Van Klee* Platz genommen hatte und sich ein gutes Essen gönnen wollte. Routiniert setzte der bis dahin von allen menschlich wie fachlich geschätzte Jungkoch seine mitleidsvollste Miene auf und servierte ihr zur Trauerbewältigung ein frisches Wildbret, wie er scheinheilig formulierte. Damit war Marianne Rohrbach sozusagen wieder vereint mit Trixi. Kulinarisch gewissermaßen auf den Hund gekommen, genoss sie jeden Bissen der in Sauerrahm eingelegten Terrier-Lendchen außerordentlich. Selten habe sie so delikat gegessen, strahlte sie euphorisch beim Bezahlen, und hinterlegte ein für ihre Verhältnisse großzügiges Trinkgeld.

„Und diese Soße, wunderbar abgeschmeckt",

schwärmte sie nicht ahnend, dass diese zwar durchaus mit einem wirklich guten Rotwein aus Baden veredelt worden war, allerdings zu einem mindestens genauso hohen Anteil aus dem Blut ihres Vierbeiners bestand.

Schmeckt Hund, schmeckt auch alles andere, dachte Kilian pragmatisch. So gesehen, sinnierte er, nachdem er der Alten ihren geliebten Vierbeiner schmackhaft machen konnte, folgerichtig: Dein Geld läuft förmlich auf der Straße herum.

Moritz, der fünfjährige Tigerkater seiner Nachbarin vis à vis, durchfuhr es Kilian kreativ, mochte, wenn dieser in seinen Töpfen und Pfannen verfeinert über seinen Herd gegangen sei, gut und gerne seine hundert Euro bringen. Dieser fette, arrogante Kater holte sich nun schon geraume Zeit Leckereien aus Kilians Restetonne, wobei er es besonders auf die Fleischreste jener betulichen Feinschmecker abgesehen hatte, die nur marzipanzartes Fleisch aßen. Die urplötzliche Eingebung, Moritz in einem schönen Riesling zu schmoren, versetzte ihm den nächsten Kick. Augenblicklich hatte Kilian ein besonderes Augenmerk auf diesen strammen Kater und sorgte fortan sogar für Sonderrationen, um ihn so immer wohlgenährter in der Nähe seiner baldigen Schlachtbank zu halten.

Als Antilope geschnetzelt á la *Van Klee* schließlich sorgte Kater Moritz wenige Wochen später ausgerechnet bei einem Restauranttester für Furore. Kilian kriegte sich nicht mehr ein. Ausgerechnet ein gastronomischer Erbsenzähler, der unangemeldet seinen Fresstempel unter die Lupe nahm, geriet über den als Antilope getarnten Kater professionell ins Schwärmen.

„Ihre Antilope werde ich überaus wohlwollend empfehlen", versprach er und verabschiedete sich gut gelaunt.

„Arschloch", dachte Kilian nur, „wenn du wüsstest, du Gourmetfuzzi, was du gerade gefressen hast."

Aber keine Ahnung haben oder nur über einen beschissenen, ausgeprägten Gaumen zu verfügen, war für Kilian einerlei. Für ihn zählte einzig und allein die Tatsache, dass ihm bisher keiner dieser Feinschmecker-Amateure auf die Schliche gekommen war. So betrachtet fühlte er sich jetzt im Besitz der höheren Weihen für seine exzellent zubereitete Trixi, Kater Moritz sowie seine zwei fetten Ratten. Dermaßen hoch motiviert sondierte Kilian weiträumig spazierengehend das Gelände - ausschließlich der Beute wegen. Am Ortsende schließlich stieß er auf ein freistehendes Gehöft, wo augenblicklich sieben frei herum laufende Katzen sein Interesse weckten. Es war Fütterungszeit und Kilian kam problemlos mit der Bäuerin ins Gespräch. Er suche, so begründete er sein Erscheinen, für seine alte Nachbarin Ersatz für deren entlaufenen Kater. Die beiden wurden sich schnell einig. Mit einer nicht zu leugnenden Erleichterung überließ die Bäuerin Kilian die beiden einjährigen Katzen Lilli und Mimi, und stellte ihm noch drei weitere Katzen zu einem späteren Zeitpunkt in Aussicht.

Freude und Dankbarkeit waren beiderseitig. Luise Weyrich war den Tränen nahe. Spontan entschied sie sich für Lilli. Doch schon als Kilian sie maunzend seiner Nachbarin in den Schoß legte, wusste er gefühlsmäßig, dass Lilli der alten Dame ebenfalls bald wieder *entlaufen* würde. Dass Mimi hingegen einer üppigen Mastkur entgegensah, war für ihn in diesem Augenblick ebenso klar. Vor seinem Personal begründete er ihre Existenz übrigens mit dem Fernhalten von Ratten und Mäusen, und empfahl, Mimi zu hegen und zu pflegen.

Der jähe Anruf eines Jagdgenossen kam Kilian bei der *Pflege* der Rattenfalle von Marianne Rohrbach mehr als ungelegen. Die Frage aber, ob er nicht mal eben zwei frisch geschossenen Füchsen schnell das Fell über die Ohren ziehen könnte, ließ ihn interessiert aufhorchen. Seine Frau, so der Jagdfreund, wolle die Felle schnellst möglich zum Gerben in die Stadt bringen. Es waren zwei Prachtexemplare, vom

Fell wie vom Fleisch her. Den Kadaver, so beeilte sich Kilian dem Jagdfreund bei der Fellübergabe zu versichern, habe er ordnungsgemäß entsorgt, was bei ihm im Klartext hieß: abhängen bei sechs Grad in seinem Kühlhaus.

„Gibt einen schönen Rehbraten ab", brummte er bei der erneuten Inaugenscheinnahme in seinen Bart.

Und so prangte auf seiner Wochenend-Karte als Tagesempfehlung ganz oben:

Rehbraten mit hausgemachten Knödeln

Dass dieses Gericht eine Art Henkersmahlzeit, oder besser gesagt sein Abschiedsessen werden würde, ahnte Kilian in diesem Moment nicht einmal ansatzweise.

Denn zwei Tage später war es Kilian van Klee, dem im wahrsten Sinne des Wortes das Fell über die Ohren gezogen wurde. Staatsanwalt, Kriminalpolizei und Lebensmittelkontrolleure, sie alle stellten ihm die Bude auf den Kopf, konfiszierten den gesamten Inhalt seines Kühlhauses und versiegelten das Restaurant. Kilian war zu keinem weiter helfenden Gedanken mehr fähig und fand sich plötzlich in Untersuchungshaft wieder: Zelle dreizehn, bis zu diesem Tag eigentlich seine Glückszahl. Warum ihm die Ordnungsmacht den Laden so rigoros auseinander nahm, erschloss sich ihm erst, als der Staatsanwalt ihm klaren Wein einschenkte. Er war aufgeflogen und binnen weniger Minuten jeglicher beruflicher Perspektive beraubt. Die Vorwürfe: Verstoß gegen das Lebensmittelgesetz, gegen das Tierschutzgesetz sowieso, vorsätzlicher Betrug in zahlreichen Fällen, deren Anzahl und Ausmaß bisher nicht zu überschauen waren, und, das für ihn offenkundig Unangenehmste: gefährliche Körperverletzung in sechs Fällen, verursacht durch die Zubereitung und den Verkauf von tollwütigem Fuchsfleisch. Mehrere Personen befänden sich in einer benachbarten Klinik, die vermutlich die Polizeiaktion veranlasst hatte. Der Zustand der Patienten musste anscheinend kritisch und eindeutig sein.

„Dabei galt Tollwut doch hierzulande schon seit Jahren als ausgerottet?"

Kilian verstand die Welt nicht mehr.

3
DER LAUE LEBENSGEFÄHRTE

Die innere Trennung einer Liebesbeziehung geschieht in der Regel lange bevor sie schließlich von einem der beiden mit einem Paukenschlag final vollzogen wird. So war es auch bei Anna und Yannick.

Yannick war eigentlich ein gutmütiger Kerl, aber wer es ehrlich mit ihm meinte, nannte ihn liebe- und verständnisvoll einen Trottel. Dass seine Liebste ihn Woche für Woche betrügt, hätte er selbst dann nicht bemerkt, wenn sie einen ihrer transparenten Slips bei einem ihrer zum Teil nur bedingt scharfen Liebhabern in der Eile liegen gelassen, und man ihn ihr mit der Post an die Hausadresse nachgeschickt hätte. Aber so dumm war sie nicht. Sie holte ihn in der Regel an einem der kommenden Tage zuverlässig ab, meistens, nicht ohne die Gelegenheit gleich noch einmal zu nutzen.

Yannick verschwendete an solche außerhäuslichen Vergnügungen seiner Lebensgefährtin nicht einen einzigen Gedanken. Dafür besaß er einfach keine Antennen. Und eigentlich war es sein aufrichtiges Wesen, von dem sich Anna einst so angezogen gefühlt hatte, und seine fast schon devote Hingabe am Anfang ihrer Beziehung.

Doch dieser anfängliche Reiz reduzierte sich irgendwann auf Banales. Die einst so abwechslungsreichen, heißen Liebesspiele gingen in lästiger Zweisamkeit zu Grunde. Und selbst sein beträchtlicher Kontostand hatte als Beziehungskitt mittlerweile ausgedient. Und so ließ Anna - vor allem in den vergangenen Monaten - fast keine erotische Gelegenheit mehr aus. Offiziell war sie immer mit ihrer besten Freundin unterwegs, die angeblich aus einem privaten Tief nicht mehr alleine herauskam und ihre ständige Begleitung und Nähe einforderte. Das jedenfalls dachte und glaubte Yannick und saß dabei meist vor seinem Notebook oder seiner Modelleisenbahn, während seine Anna - weit weg von ihrer besten Freundin übrigens - mit Volldampf lustvoll entgleiste, bis hin zum Crash. Doch bis dahin sollten noch einige Monate vergehen.

Yannick war Systemadministrator in leitender Funktion bei einem großen Chemieunternehmen. Anna war Journalistin. Auf einen offiziellen, aus ihrer Sicht nicht mehr zeitgemäßen Trauschein legten beide keinen großen Wert.

Ihren ersten Liebhaber lernte Anna vor vier Jahren in der Redaktion kennen, da waren Anna und Yannick schon mehr als zwei Jahre liiert. Erste Ermüdungserscheinungen - wenn man es so nennen mag - stellten sich ein. Zumindest auf ihrer Seite. Er hingegen war im Großen und Ganzen noch immer recht zufrieden gewesen. Kaum Konflikte, eine solide finanzielle Absicherung und der Konsens, keine Kinder haben zu wollen - alles in allem aus seiner Sicht eine gute Basis für eine passable Beziehung.

Rückblickend aber bestätigt auch er, dass man schlichtweg zu wenig miteinander gesprochen habe, über Wünsche und Sehnsüchte im Verborgenen kein Wort verlor, ebenso wenig wie über gemeinsame Interessen oder persönliche Vorlieben. Wenn man es genau betrachtet, waren sie von Anfang an nicht für einander geschaffen. Ihre verschiedenen Bedürfnisse oder Begierden, privat wie im Job, forcierten geradezu eine schleichende Entfremdung. Der alte Spruch *Gegensätze ziehen sich an* bleibt in diesem Fall nur ein inhaltsloser. Mehr nicht.

Das Angebot an attraktiven Männern innerhalb der Redaktion war im Grunde überschaubar. Und wäre da nicht das Redaktionsjubiläum im Sommer gewesen, bei dem der Alkohol seine volle Wirkung entfaltete und Hemmungen wie Höschen fallen ließ, hätte der erste Ausrutscher wohl noch etwas auf sich warten lassen, zumindest aber wäre er weniger spektakulär verlaufen. Denn gleich bei ihrem ersten Mal wurde sie eiskalt erwischt - allerdings nicht von Yannick. Doch selbst wenn, er hätte es ihr zu diesem Zeitpunkt mit an Sicherheit grenzender Wahrscheinlichkeit verziehen, diesen *Fehltritt* mit ihrem Kollegen, von dem eigentlich alle dachten, er sei schwul. Nein, das war er ganz und gar nicht. Im Gegenteil. Er war ein ganz heißer Typ, der keine großen Ansprüche bei seinen Ausrutschern an den Tag legte - oder an den Abend. So auch an jenem Abend, der für sie der erste Schritt war in die sexuelle Befreiung von ihrem, ja für sie war er mittlerweile ein richtiger Schluffi, der sie schon lange nicht mehr zum Fliegen brachte, dem der exakte Fahrplan seiner Märklin Eisenbahn aus seiner Jugend wichtiger war als der geordnete Liebesfahrplan im heimischen Schlafzimmer.

Alles wäre auch an diesem Abend noch so richtig schön erlebnisstark geworden, wenn da nicht dieser widerliche Kollege gewesen wäre, der sich gerade in dieser intimen Situation unter dem romantischen Rhododendron als Spanner und Störenfried betätigt hatte, und der dreist ihrem Beschäler auf dessen Allerwertesten klopfte und dabei frivol fragte:

„Herr Kollege, Sie entschuldigen, aber dürfte ich auch mal?"

Dieser Interruptus behagte Anna ganz und gar nicht. Aber bevor sie überhaupt feststellen konnte, wer sie dermaßen stillos in Verlegenheit gebracht hatte, waren sie auch schon wieder allein und am Ende ihres erotischen Abenteuers. Behände ordnete sie ihre Garderobe, ließ ihren konsternierten Ersatzmann ungeordnet unter dem Rhododendron zurück und machte sich auf die Jagd nach dem taktlosen Voyeur. Anna wusste, wonach sie zu suchen hatte. Sie war entschlossen, in die Offensive zu gehen. Bewaffnet mit einem Glas Champagner mischte sie sich unter die Kollegen. Angriffslustig suchte sie das Gespräch mit jedem, dem sie begegnete, und dabei hatte sie es ausschließlich auf dessen Augen abgesehen. Sie suchte diesen eindeutig anzüglichen Blick, der ihr verraten würde, was er gerade beobachtet hatte. Und sie war sich ihrer Sache sicher, dass sie seiner habhaft werden würde. In einer kleinen Runde diskutierte sie gerade mit mehreren Kollegen und Kolleginnen, als sie die Frage aufschreckte:

„Haben Sie sich denn gut amüsiert?"

Blitzschnell drehte sie sich dem Fragesteller zu, um betreten in das Gesicht ihres Chefredakteurs zu blicken. Ehe sie aber etwas erwidern konnte, hatte er sie bereits am Arm gefasst und aus der Runde entführt:

„Was ich Sie schon geraume Zeit fragen wollte, wären Sie an einer Homestory über den Ministerpräsidenten interessiert? Wir haben bereits seine definitive Zusage. Überlegen Sie es sich, und sagen Sie mir morgen Bescheid, einverstanden?" Was für eine Frage, dachte Anna, konnte aber vor Überraschung nur noch ein kurzes Nicken absetzen, so erleichtert war sie darüber, den Chef nicht mit diesem unschönen Vorfall in Verbindung bringen zu müssen. Bis dahin zumindest.

Kurzzeitig aufatmend strich sie weiter mit lauerndem Blick um diverse Gruppen, die sich allesamt gut amüsierten, aber kaum Notiz von ihr nahmen, weil sie sich nicht integrieren wollte, sondern weiter durch den Verlagspark schlenderte.

Bis sie in die Nähe einer lautstark schwadronierenden Gruppe von drei Kollegen kam, die allerdings ihr Lärmen abrupt einstellten, als sich Anna ihnen näherte. Sie hatte leichtes Spiel. *Männer*, dachte sie abschätzig. Während zwei der Herren ihr gerade erworbenes, delikates Wissen noch mit einem anzüglichen Grinsen ungeniert zur Schau trugen, gefroren dem Dritten gerade seine Gesichtszüge, als Anna ganz nahe an ihn herantrat.

„Haben sich die Herrn auch gut unterhalten, oder sollte ich besser sagen: gut amüsiert?"

Ganz nahe war sie jetzt an den wie erstarrt dastehenden Kollegen herangetreten. Er arbeitete in der Registratur, wie sie sich just erinnerte.

„Müssen wir jetzt schon anderen dabei zuschauen, um uns wieder einmal daran zu erinnern, wie das früher einmal so funktionierte, untenherum, Herr Kollege? Wahrscheinlich bringen Sie es schon lange nicht mehr?"

Dabei schüttete sie ihm seelenruhig ihr Glas

Champagner in sein offenes Hemd.

„Lassen Sie den Champagner ruhig bis in ihre verkehrsberuhigte Zone laufen, es könnte sich ja vielleicht doch noch mal etwas regen, dort unten!"

Ohne eine Reaktion abzuwarten drehte sie sich zur Seite, drückte dem anderen, verdutzt dreinblickenden Kollegen ihr leeres Glas in die Hand und verschwand.

Mit einer etwas weniger delikaten Flüssigkeit, nämlich purem Zitronensaft, versuchte derweil ihr Yannick im heimischen Badezimmer der hartnäckigen Kalkflecken an den Rändern der Armaturen Herr zu werden. Abends war der Zeitpunkt, an dem er diesen lästigen Pflichten am ehesten nachkommen wollte. Morgens war für solche Nebensächlichkeiten kaum Zeit, und seine Anna, oft bis spät nachts unterwegs, hatte schon lange keinen Lappen mehr in der Hand gehabt.

Innerhalb einer knappen Stunde hatte dieser *Verkehrsunfall* - inklusive Vorspiel - auf der Feier schnell die Runde gemacht. Die Tatsache, dass Anna wider Erwarten relativ zügig ihren persönlichen Spielverderber ausfindig machen konnte und ihn vor seinen Kollegen bloßstellte, war der Diskretion des prekären Ereignisses auf der vordergründig doch etwas elitär anmutenden Verlagsparty nicht gerade dienlich. Endlich also hatte der tratschende Haufen narzisstischer Redakteure und Journalisten, kurz bevor die Stimmung abzusacken drohte, neuen Gesprächsstoff - wenn auch von der übelsten Sorte. Und so blieb selbst dem Chefredakteur nicht mehr lange verborgen, was bzw. mit wem und wo es seine bis dahin vermeintlich seriöse und geschätzte Mitarbeiterin so trieb. Damit war sie am nächsten Tag fällig.

In sachlich ruhigem Tonfall bat er Anna gegen halb zehn in sein Büro, noch bevor sie Gelegenheit hatte, sich in Sachen Homestory Gedanken zu machen.

„Bitte, nehmen Sie Platz, Anna!" eröffnete er den Dialog, nachdem er sich vergewissert hatte, dass die Bürotür auch wirklich zugezogen war.

Mit Yannick hatte sie an diesem Morgen wieder einmal kaum gesprochen; zu sehr hing sie noch ihren Gedanken an den verpatzten Ausrutscher und der potentiellen Homestory nach. Außerdem hatten die morgendlichen Gespräche in letzter Zeit sowieso stark nachgelassen. Daher gab es bei Yannick auch heute keinen Grund zur Skepsis. Er musste erst gegen zehn im Büro sein, was ihn dazu veranlasst hatte, noch etwas liegen zu bleiben, während Anna sich längst bürofertig gemacht hatte. Die Zeiten, als man noch gemeinsam frühstückte und sich dabei anhimmelte, waren längst passé. Überdies fehlte das alte Ritual inzwischen keinem der beiden mehr. Im Gegenteil: Zum einen hatte man sich weniger zu erzählen, zum anderen hätte Anna ihre *Erlebnisse* in den vergangenen Monaten sowieso nur in gekürzter und jugendfreier Fassung zum Besten geben können.

Mit gesenktem Kopf schlich sie nach etwa 20 Minuten wieder aus dem Büro des Chefs. Wortlos passierte sie die Sekretärin, verließ das Vorzimmer und wartete schließlich auf den gläsernen Lift am gegenüberliegenden Ende der Etage. Es dauerte eine gefühlte Ewigkeit, bis sich endlich die leuchtende Glastür öffnete. Und als der Fahrstuhl sich mit einem unangenehmen Ruck nach unten in Bewegung setzte, stieg in Anna ein Gefühl von ohnmächtiger Wut auf. Sie hatte einen Hals auf ihren Boss, der ihr - so sah sie es jedenfalls - in ungebührlicher Weise zu nahegetreten war. Und sie kochte innerlich förmlich über, wenn sie nach dieser offiziellen Zurechtweisung an Yannick dachte, der schon lange nicht mehr der ihre war, und den sie nun verantwortlich machte für die aktuelle Misere. In ihren Augen war er der Schuldige. Er brachte es eben schon lange nicht mehr. Hätte sie sich denn sonst unter diesem Rhododendron verführen lassen müssen, war ihre empörte Frage an sich selbst. Anna kam nicht umhin sich in ihrer Opferrolle zu gefallen.

Als sie später Zorn beladen in ihre noch gemeinsame Wohnung rauschte, kniete Yannick in der Küche und reinigte akribisch den teuren Fliesenboden. Er hatte sie nicht bemerkt. Für den Moment stand sie sprachlos in der Wohnungstür, als sie schließlich mit einem bösartigen Lächeln die Tür hart ins Schloss krachen ließ.

„Mein Gott, musste das denn sein? Warum erschreckst du mich so?"

Anna ließ ihn jedoch ohne Antwort. Seine momentane Tätigkeit passte verheerend gut in ihr Bild, das sie nun schon geraume Zeit von ihm hatte. Wortlos ging sie an ihm vorbei, so, als gäbe es ihn überhaupt nicht mehr.

„Ist was?"

Er war ihr keine Antwort mehr wert. Ohne ihm auch nur einen Funken von Beachtung zukommen zu lassen, begann sie sich im Ankleidezimmer vor dem großen Wandspiegel auszukleiden, als sie bei näherem Hinsehen die beiden Knutschflecke an den Innenseiten ihrer Oberschenkel bemerkte. Ein erinnerndes, sehr zufriedenes Lächeln huschte kurz über ihr schönes Gesicht, als Yannick plötzlich hinter sie getreten war und seine Hände auf ihre Schultern legte.

„Was ist denn dir dazwischen gekommen?" fragte er ehrlichen Herzens, ohne allerdings die beiden verräterischen Andenken an die vergangene Nacht zu bemerken.

„Warum sollte ich es dir sagen, du würdest es ohnehin nicht hören wollen, es nicht verstehen", stellte sie resignierend fest.

Diese Nähe zu ihm frustrierte sie. Während Anna dies so formulierte, hatte sie mit ihren Gedanken die Flucht ergriffen und war zurück geeilt in die vergangene Nacht. Langsam befreite sie sich von Yannicks Händen, die jetzt so gar nicht zu ihrer wehmütigen Erinnerung passten, und dabei strich sie beinahe provozierend über ihre schönen Beine, als wollte sie ihm zeigen: Sieh her, so heiße Kerle gibt es noch, die sich hier auszutoben verstehen.

„Na, es wird schon nicht so schlimm gewesen sein", meinte er und zog sich wieder in die Küche zurück.

„Schlimm war es überhaupt nicht, ganz im Gegenteil", entgegnete sie leise, und um ihr Gesicht spielte ein verräterisches Lächeln, das Yannick aber nicht zu deuten gewusst hätte. Die Flecken auf seinen Fliesen hatten jetzt Vorrang.

Anna stand noch immer vor dem Spiegel und betrachtete selbstzufrieden ihren aufreizend schönen Körper. Sie verstand im Gegensatz zu Yannick, dass es Männer gab, die verrückt nach ihr waren und die sich nicht für eine Liebkosung ihrer attraktiven Schenkel zu schade waren.

„Sag einmal", und ihre Stimme klang auf einmal

provozierend aggressiv, „würde es dich überhaupt stören, wenn ich mir einen Lover zulegen würde, jedenfalls so von Zeit zu Zeit?"

Nachdem Yannick pedantisch die letzten vier Fliesen gereinigt hatte, erhob er sich, streckte seinen Körper, trat an sie heran und betrachtete sie mit einem nachsichtigen Lächeln, das männliche Überlegenheit signalisieren sollte. Er wollte sie in seine Arme nehmen, denen sie sich aber brüsk entzog, indem sie sich anzukleiden begann. Die eleganten Leggings aber zog Anna bewusst erst zum Schluss an. Sie wollte wissen, ob er die beiden Knutschflecken nun doch noch bemerken würde oder nicht. Für diesen Moment war sie auf Konfrontation aus. Aber Fehlanzeige.

„Ich wette mit dir, dass du es nie bemerken oder gar in Erfahrung bringen würdest, wenn ich mit einem anderen Kerl etwas anfangen würde", sagte sie herausfordernd.

Yannick schaute Anna lange schweigend an, so als würde er gerade darüber nachdenken, was er möglicherweise schon seit längerem falsch gemacht haben könnte. Aber dann sagte er im Lichte seiner aktuellen Erkenntnis und ohne einen Hauch von Eifersucht: „Das wäre nicht dein Stil."

Und nach einer längeren Pause sagte er schließlich etwas, was so gar nicht zu ihm zu passen schien: „Vielleicht habe ich ja im Gegensatz zu dir begriffen, dass ein jeder die Dinge des Lebens anders sieht."

Für den Rest des Tages schwieg man sich an. Und plötzlich war Anna - unbeeindruckt von dem, was Yannick zu ihr gesagt hatte - wieder weg. Verabschiedet hatte sie sich lediglich indirekt von ihm, mit einem Zettel auf dem Küchentisch:

Muss zu Viktoria.
Wird spät!
A.

Dass Viktoria, ihre beste Freundin, gerade mit einer schweren *Angina tonsillaris* zu Hause im Bett lag und ein Besuch in der Tat angebracht gewesen wäre, daran verschwendete Anna keinen einzigen Gedanken. Zügig passierte sie die Goethestraße, vorbei an der Marktkirche und bog schließlich in eine etwas versteckt gelegene Seitengasse ab. Früher war hier eine kleine, elitäre Bar mit Restaurant. Hier hatten alle vermeintlich Wichtigen der Stadt Hof gehalten. Irgendwann allerdings ließ das Interesse nach oder die Wichtigen verließen das Viertel, was unweigerlich zur Insolvenz geführt hatte, denn Touristen oder Fremde verirrten sich in diese Straße nur selten.

Seit nunmehr einem halben Jahr hatte ein neuer Besitzer mit cleverem Beziehungskonzept den wirtschaftlich maroden Laden übernommen. Die Single-Stadt-Bar. Von Luxus und Glamour fehlte seitdem jede Spur. Dafür war die Bude aber wieder jeden Abend voll. Aus dem Elite-Treff für Einkommensstarke war ein Etablissement für Einsame, Singles oder frustrierte Partner geworden, die die Abwechslung oder den Spaß suchen, oder aus ihrem öden Beziehungsalltag flüchten wollten - so wie Anna. Das neue Geschäftsmodell hatte sich schnell herumgesprochen, selbst Yannick hatte von der neuen *Begegnungsstätte* gehört, was Anna nicht ahnte. Und so wog sie sich stets in Sicherheit, wenn sie wieder einmal auf Tour war. Fremdgehen war das für sie im Übrigen nicht, lediglich ein gerechter Ausgleich. Ihr ging es schlicht um ein Frauenrecht und jedes Mal, wenn sie die Wohnung verließ, musste sie in Vorfreude auf diesen einzufordernden Anspruch leise lachen.

Das Publikum im *Pharisäer* - der Name war hier Programm - war auf eine sehr ansprechende Art gut gemischt, auch was das Alter anging. Und Anna kam ausgesprochen gerne hier her. Für sie war es der Ort, an dem sie ihre aufregend neue und - wie sie es für sich empfand - auch große Liebe, entdeckt hatte. Die aber hatte Anna sehr zu ihrem Leidwesen noch nicht so richtig erobern können. Sie jedenfalls, das stand für sie fest, hatte sich Hals über Kopf verliebt in Finn.

Im *Pharisäer* fühlte sie sich sicher. Und diese Abwechslung - oder war es mehr ein Ausgleich? -

brauchte sie, beanspruchte sie immer öfter für sich. Hier war in ihren Augen nicht der Ort, wo ihre diesbezüglich gut versorgten Kollegen auf einen ähnlichen Ausgleich aus waren. Im Übrigen waren die meisten für sie sowieso nur verklemmte Spießer, von einer einzigen Ausnahme einmal abgesehen. Das hatte sie ja nun mehrfach am lebenden Objekt erprobt. Sie hatte also niemanden aus dem Kollegenkreis oder gar der Chefetage zu fürchten, was sich auch in all den Wochen bestätigt hatte. Bis zu diesem Abend.

So war Anna wieder einmal gut in Fahrt und gewährte gerade einem smarten Aushilfsjüngling im oberen Bereich ihres lustversprechenden Bodys einen massiven Eingriff, als ihr mit einem Blick an die Bar schlagartig jegliche Lust auf mehr verging. Anna wollte plötzlich nichts wie raus. Aber wie dies unauffällig anstellen, denn der, dem sie auf keinen Fall begegnen wollte, saß strategisch optimal positioniert an der Bar und trank seelenruhig ein großes Bier.

Das dauert, ging es ihr hektisch durch den Kopf, *und bei diesem einen Bier wird es wohl auch nicht bleiben,* so ihr Fazit. Während sie ihren temporären Lover sanft zur Ruhe brachte, und ihn mit der Aussicht auf ein späteres Date abwimmelte, überlegte sie fieberhaft, wie sie unbemerkt an der Bar vorbei flüchten könnte. Den Gedanken, gebückt oder sich gar auf allen vieren aus diesem Etablissement davonzustehlen, hatte sie schnell wieder verworfen. Aber von diesem Typ erblickt zu werden, das wäre für Anna der absolute GAU gewesen, denn der Mann an der Bar war kein geringerer als der Azubi ihres Yannicks. Für den Moment kam sie sich schäbig vor. Mit einer derartigen Situation hatte sie nicht gerechnet.

Weiterhin um Deckung bemüht, sah sie ihn plötzlich telefonieren. Angespannt verfolgte sie jede seiner Bewegungen, und als er schließlich das restliche Drittel seines Bieres in einem Zug austrank, wusste Anna um seinen baldigen Aufbruch. Erleichtert, fast froh gestimmt, verließ sie fünf Sicherheitsminuten später den *Pharisäer*. Ihren Mini hatte Anna in einer hell beleuchteten Parallelstraße abstellen können.

Keine zwanzig Minuten später betrat sie die Wohnung. Merkwürdigerweise hatte sie plötzlich das ungewohnte Bedürfnis, mit Yannick zu reden. Über was, das wusste sie nicht. Ihren Mantel hatte Anna gerade an die Garderobe gehängt, als sie dezent Stimmen in seinem Arbeitszimmer wahrnahm. Ohne zu klopfen betrat sie Yannicks Reich. Und ihr verbindliches Lächeln, um das sie sich bemühte, gefror ihr augenblicklich. In der gemütlichen Gesprächsecke saßen zu ihrem Entsetzen Yannick und sein

Azubi, von dem sie meinte, er habe sie nicht bemerkt, gar nicht bemerken können. Und nun saß er hier und berichtete Yannick, wen er wo gesehen hatte? Sie in diesem neuen Kontaktschuppen...

Die beiden Männer hatten sich aus ihren Sesseln erhoben und begrüßten Anna mit einer nicht zu erwartenden freundlichen Aufmerksamkeit:

„Herrn Decker kennst du ja bereits, meine Liebe. Wir sind gleich fertig. Ich musste ihn an seinem freien Tag stören, weil ich ein paar dringende Fragen an ihn hatte."

Yannick verfügte über das Privileg, nach eigener Entscheidung auch zeitweise zu Hause arbeiten zu können.

Anna wollte für den Moment nicht ihr Gesicht gesehen haben. Sie muss alles andere als geistreich ausgesehen haben. Was aber glücklicherweise unbemerkt blieb. Und dabei sah sie sich bereits aufs Peinlichste erwischt. Aber dem war ja nun nicht so. Allmählich aber stieg Ärger in ihr auf. Warum nur ängstigte sie sich plötzlich vor einer Entdeckung? Frei fühlte Anna sich ohnehin schon lange. Also konnte ihr auch nichts Unangenehmes mehr widerfahren. Sie konnte keinen Schaden nehmen. Durch wen auch? Und während sie sich noch so sehr bemühte, wieder zu ihrer Tagesform zu finden, fasste Anna einen wegbereitenden Entschluss. Ja, sie war sich ganz plötzlich sicher, an Trennung denken zu können. Der Gedanke allein an diese neue Freiheit hob ihre Stimmung und versöhnte sie wieder mit diesem Tag.

Erst als Yannick an die Badezimmertür klopfen musste, wurde Anna bewusst, diese hinter sich verschlossen zu haben, zum ersten Mal in ihrer Beziehung. Der Graben zwischen ihnen beiden wurde immer tiefer. Noch in der wohlig warmen Wanne ging sie daran, *Beute* zu machen. Die stattliche Eigentumswohnung, sinnierte sie, gehörte ihr ja bereits zur Hälfte, so war es zumindest vereinbart, wenngleich sein investierter Anteil wesentlich höher war, aber Yannick wird sich an diese unausgesprochene Abmachung ja wohl halten. Das wären für sie und ihr neues Glück schon mal einige hunderttausend Euro. Für den Anfang, den neuen, gar nicht so schlecht, dachte sie. Und dazu der nahezu neue Mini, ein Geschenk von Yannick zum 30. Geburtstag, freute sie sich alles bilanzierend. Den morgigen Tag wollte Anna zu ihrem ersten freien Tag machen. Und sie tat es.

„Du bist so gut drauf heute Morgen", stellte Yannick entspannt fest, „freut mich, wenn du dich gut fühlst."

Anna war beherrscht von der Vorfreude diese *Lebensgemeinschaft* bald hinter sich gebracht zu haben. Hier wollte sie nichts wie raus und - das war ab sofort ihr Vorsatz - so viel wie möglich mitnehmen. Ihr nächstes Date, da war sie sich sicher, würde die ersehnte Entscheidung für ihre Zukunft mit Finn bringen.

„Ja, ich fühle mich wunderbar", bestätigte sie Yannick und gönnte ihm ein eiskaltes Lächeln, „und das hat auch seinen guten Grund."

So, wie sie jetzt vor ihm stand, hörte er, wie in weiter Ferne seine Liebe zu Anna laut klirrend in Scherben fiel. Erschrocken lauschte Yannick in sich hinein und ein imaginäres Gefühl ließ ihn schmerzhaft wissen, dass es das war.

Erst als sie mit dem Wagenschlüssel seines nagelneuen 5er BMW vor ihm stand und ihm dreist eröffnete: „Ich nehme deinen Wagen, um Finn vom Flughafen abzuholen", wurde ihm bewusst, dass es jetzt hier um seine Selbstachtung ging. Er sah sie nur an. Lange, sehr lange schaute er der Frau, die einmal eine ganz andere war, in die Augen und begann langsam aber energisch seinen Kopf zu schütteln.

Anna schmiss sich ihrem neuen Favoriten kompromisslos an den Hals. Sie hatten sich schließlich mehrere Tage nicht gesehen.

„Was ist passiert?" fragte Finn etwas irritiert.

„Gute Nachrichten", frohlockte Anna, „ich trenne mich von ihm und ziehe bei dir ein, wie findest du das?"

„Ein wenig überstürzt finde ich das. Bevor ich so einen Schritt mitgehe, möchte ich dich erst einmal besser kennenlernen, das verstehst du doch? Oder beendest du immer sofort eine Beziehung, wenn du einen anderen Mann kennengelernt hast?"

Verstört ließ Anna jäh von Finn ab. Mit einer derartigen Reaktion hatte sie nicht gerechnet.

„Aber wir lieben uns doch", leistete sie noch schwachen Widerstand.

„Was für mich zählt, meine Süße, ist der Augenblick. Über diesen habe ich noch nie hinaus geplant und werde es auch künftig nicht tun. Lass ihn uns gemeinsam genießen, diesen Augenblick."

Etwas widerwillig ließ sie sich von Finn in die Arme nehmen, aber glücklich war sie nicht. In diesem Moment war Anna ihre Selbstsicherheit abhandengekommen. Es war keine Liebe.

In ihrem Wagen wurde ihr schlagartig bewusst, sich gewaltig vertan zu haben. Mit vollem Tempo raste sie zurück. Sie wollte nur noch nach Hause, in die geordneten vier Wände, zu Yannick, der immer alles für sie tat, dem nie etwas zu viel gewesen war, der sie immer bewundert hatte, und dem sie so sehr Unrecht getan hatte, indem sie ihn so eiskalt abserviert hatte. Das musste ihn tief gekränkt haben heute Morgen. Leider hatte Anna diese späte Einsicht nur der Tatsache zu verdanken, dass ihre neue, vermeintliche Liebe, sie gerade relativ unverblümt hatte abblitzen lassen, wenn auch in Nuancen subtiler als sie es vor ein paar Stunden mit Yannick getan hatte. Ab jetzt wird alles anders, nahm sie sich fest vor.

Als sie endlich wieder die Wohnung betrat, spürte sie schon im Flur diese unangenehme, fremde Stille. Absolut keine Geräusche.

Nichts. Seine persönlichen Gegenstände waren schon verschwunden. Nur ein Zettel auf dem Tisch - diesmal von Yannick:

Zu spät!
Y.

4
DER FRIVOLE FRISEUR

Emma Biersky ging liebend gern zum Friseur. Nicht weil ihr schütteres Haar dies noch besonders nötig gehabt hätte, oder weil es der alten, sehr gesprächigen wie neugierigen Dame um die jeweils modernste Altersfrisur ging, nein, darum ging es ihr schon lange nicht mehr, doch über den wahren Grund verlor sie prinzipiell kein Sterbenswort. Es ging ihr in erster Linie - wenn nicht gar ausschließlich - um den Kontakt zu Tony, dem feschen, 1,90 m großen und überdurchschnittlich breiten Figaro des fränkischen, rund 15 000 Seelen Ortes südlich von Nürnberg. Wie andere die Zeitung lasen, so ging Emma ihres Informationsbedürfnisses wegen zu Tony, der eigentlich auf den schlichten Namen Anton getauft worden war. Vor beinahe genau 41 Jahren war das, an einem brütend heißen Sommertag. Akribisch pflegte Tony über Jahrzehnte sein zart tuntiges, liebenswürdiges Image, was ihn gerade bei der inzwischen reiferen, weiblichen Klientel ebenso interessant wie vertrauenswürdig machte. Aus seiner vermeintlichen Vorliebe machte Tony kein Geheimnis. Im Gegenteil. Er pflegte das Bild, das nach außen alle von ihm hatten - vor allem die Ehepartner und Lebensgefährten seiner weiblichen Kundschaft.

Tony stellte somit in den Augen seiner potentiellen Rivalen keine Gefahr dar. Seine tatsächliche heterosexuelle Neigung hütete er wie ein Staatsgeheimnis.

Sein Informationsstand war gewaltig. Tony wusste einfach alles. Und zwar von jedem. Während er sich um die Häupter seiner geschätzten wie geschwätzigen Damen, gleich welchen Alters, engagiert bemühte, erleichterten diese gleich reihenweise ihr schlichtes oder strapaziertes, ihr vergewaltigtes oder gedemütigtes, aber oft auch nur ihr enttäuschtes Gemüt. Während Tony mittels seiner sanften Hände und lauwarmen Wassers die nicht selten recht eigenwilligen Köpfe seiner Damen liebkoste, erzeugte er ein durch ihren ganzen Körper wild strömendes und manchmal auch verlangendes Wohlgefühl, das - einem Orgasmus gleich - sie von ihren intimsten Problemen entband. Genau diese delikaten Informationen und süßen Geheimnisse machten Tony aus, und stellten seinen einzigartigen Marktwert dar. Dass der Meister seine besonderen Kundinnen - der Diskretion wegen - in seinem Séparée empfing, gewissermaßen zum waschen, föhnen und stöhnen, versteht sich von selbst. Jede seiner Klientinnen bekam so das exklusive Gefühl vermittelt, die einzige zu sein, dieser Wissensallmacht teilhaftig werden zu dürfen. Und das alles natürlich unter dem Siegel absoluter Verschwiegenheit.

Mit Wonne ließ sich Emma Biersky stets in dem

überaus bequemen Sessel vor dem schwenkbaren pinkfarbenen Waschbecken nieder, ganz spitz auf den allerneuesten Tratsch. Und wie auf ein magisches Stichwort hin begann die ergiebige Infoquelle zu sprudeln. Für Emma Biersky ein erquickendes Event. Entspannt schloss sie die Augen und lehnte ihren Kopf erwartungsvoll zurück auf den mit einem Handtuch gepolsterten Rand des Waschbeckens.

„Ich traf gestern die Berger im Lädchen an der Ecke, Sie wissen, die Frau von diesem Stadtverordneten? Die sah aber gar nicht gut aus; scheint endlich in Hoffnung zu sein."

„Ich weiß, ich weiß", flötete Tony, „sie ist schwanger. Aber nicht von ihm. Und dafür bezieht sie zweimal im Monat ordentlich Prügel."

Er ließ vielsagend eine kurze Pause eintreten, um dann genießerisch fort zu plaudern:

„Jeweils am 15. und am 26. kracht es bei denen, aber wie!"

Emma blinzelte Tony erstaunt an.

„Die Tage ihrer Verfehlung, müssen Sie wissen. An denen hat sie sich unter den Sohn des alten Studienrates gelegt. Davon geht ihr Alter zumindest aus. Angeblich will er sie beobachtet haben..."

„Köstlich", kicherte die alte Dame ob dieser intimen Details, die ihr da wieder einmal zuteilwurden, nicht ahnend, dass Tony natürlich genau wusste, was er da so vermeintlich Vertrauliches von sich gab.

Denn was konnte ihm Besseres passieren als Gerüchte zu produzieren und weiter zu streuen, deren tatsächliche Tragweite ihm leicht zum Verhängnis hätte werden können. Denn die besagte Schwangerschaft war einzig und allein *seiner* überragenden Potenz zuzuschreiben. So gesehen bereitete es Tony ein überaus diebisches Vergnügen, sich unverdächtig wie unentdeckt als sexueller Heckenschütze lustvoll zu betätigen. Und so manch wohl bestellter Bauch erfüllte Tony mit unbändigem Stolz.

Es war gerade 10:35 Uhr an diesem sonnigen Freitag als Bruno Bair in Tonys Salon gestürzt kam.

„Das müssen wir begießen, du hattest Recht, der Benno vom Bauamt ist...", geistesgegenwärtig drückte Tony dem euphorischen Metzgermeister seine Hand auf den Mund:

„Bist du des Teufels? Nicht so laut, ich weiß doch, dass der Benno käuflich ist. Und wie viel musstest du für die Ausnahmegenehmigung bei ihm abdrücken?" fragte Tony im selben Atemzug und ließ die Tür des Séparées ins Schloss fallen.

„Acht Riesen."

„Geht ja noch", stellte Tony trocken fest und fragte dann:

„Und? Wie immer?"

Bruno schmiss sich in den Sessel und gab Order:

„Glatze polieren, Schnäuzer stutzen."

Und noch bevor ihm Tony das große, weiße Frisiertuch umhängen konnte, klopfte sich der Metzger selbstgefällig auf sein Gemächt und stellte stolz fest:

„Er hat es doch noch geschafft, Ellen ist endlich schwanger. Was habe ich den armen Kerl gequält all die Jahre? Und jetzt endlich habe ich mein gefülltes Täubchen."

Und wie Bruno so zu Tony aufschaute, schimmerte es feucht in den Augen dieses hartgesottenen Schlachters. Tony hatte Mühe, Bruno beim Stutzen seines Bartes nicht in die Nase zu schneiden.

„Pass doch auf", grummelte dieser.

Tony dachte nach und schwieg.

„Ja", stellte der Metzger sarkastisch fest, „eine Schwangerschaft ist ja bei deinen sexuellen Praktiken nicht möglich."

Bruno war in diesem Moment ein ganzer Kerl und fühlte sich Tony ob seiner beginnenden Vaterschaft unheimlich überlegen.

Schon wieder, dachte Tony nur, und das nicht ohne Stolz. Freude aber kam nicht bei ihm auf. Brunos Anmache missfiel ihm, anmerken ließ er sich das aber nicht. Allerdings verspürte er schon große Lust, Bruno über die wahre Quelle seines Vaterglücks aufzuklären.

Annette Dengler war für ihre 38 Jahre trotz ihrer barocken Figur eine wirklich blendend aussehende

Frau. Aber ihr disharmonisches Erscheinungsbild, die Diskrepanz zwischen schwer gewichtiger Figur und Modelgesicht, wuchs sich für die gelernte Versicherungskauffrau zu einem schier unlösbaren Problem aus. Die Erkenntnis, eine Frustfresserin zu sein, kam für Figur und Eheleben zu spät. Annettes ausufernder Körperumfang hatte ihren Florian aus dem Ehebett vertrieben. Dabei war er doch einst so scharf auf ihren wohl proportionierten, molligen Körper gewesen. Doch nun tourte Florian längst durch andere Betten. Und Annette, die das wusste, war wild entschlossen, ihn eiskalt zu ersetzen. Und das tat sie inzwischen regelmäßig bei dem Mann, von dem alle dachten, dass er mit Frauen sexuell nichts anfangen könne, ganz gleich ob dick oder dünn.

Der Salon war für diesen späten Dienstagnachmittag noch erstaunlich gut besucht. Es regnete in Strömen, als Annette Dengler emotional aufgeladen den Laden betrat, und den durchtrainierten Tony ohne jegliche Vorwarnung mit ihren scharfen herausfordernden Blicken bombardierte, die dieser sofort zu deuten verstand. Der beinahe zwei Meter große Friseur war gerade dabei der hageren und geschwätzigen Seniorin Erika Richter die Haare farblich etwas aufzufrischen, da traf ihn erneut der anmachende Blick seines molligen Traumweibes. Für einen Moment musste er die Fassung verloren haben, denn als er sich wieder dem spröden Haar der ständig vor sich hin schnatternden Richter zuwandte, merkte er, dass er versehentlich zur falschen Farbe gegriffen hatte: kirschrot statt blass lila.

Annette wusste jetzt, dass sie einen sehr erfüllten Abend haben würde und überließ sich ganz der in ihr aufsteigenden Vorfreude. Neben ihr saßen noch zwei weitere Kundinnen, Gunhild Büchsenschütz und Dorothea von der Au, von denen sie sich heute nur ungern in ein Gespräch verwickeln lassen wollte. Sie war zwar generell offen, aber keineswegs für Altweiberklatsch und Tratsch. Denn sie kannte die beiden Frauen gut genug, um zu wissen, dass es für diesen Schlag von betagten Schwatztanten stets nur zwei Themenbereiche gab, die eine Konversation möglich machten: Krankheiten im Allgemeinen und die eigenen im Besonderen, oder aber die nicht enden wollenden, stolzen Berichte über ihre wunderbaren und überdurchschnittlich intelligenten Enkelkinder, eines schöner und schlauer als das andere, versteht sich.

Und so wartete Annette - ohne bewusst hinzuhören - voller Vorfreude auf den scharfen wie potenten, für alle so schwulen Figaro. Ihre wilden Phantasien ließen keine Möglichkeit jedweder Befriedigung aus. Sie konnte es kaum erwarten, all ihre Tagträume nach Monaten unerträglicher Enthaltsamkeit in

Kürze hier wieder Wirklichkeit werden zu lassen.

Dann endlich war es soweit. Der Regen hatte inzwischen nachgelassen, als gegen 18 Uhr endlich auch die letzte tüttelige Alte den Laden verlassen wollte, nicht ohne an der Kasse noch einmal zu erwähnen, dass ihr Kleinster möglicherweise auch Friseur werden wolle:

„Und mal sehen, ob er dann auch schwul wird", musste sie noch hinzufügen. Tony, den dieses Thema inzwischen nervte, reagierte auf die aus seiner Sicht überflüssige Bemerkung nur noch mit einem gequälten Lächeln, was die alte Büchsenschütz wiederum mit einem mickrigen Trinkgeld und einem knappen „Na dann, einen schönen Abend noch", quittierte. Beim Verlassen des Salons bemerkte weder sie noch Tony, dass sie ihren Schlüsselbund zwischen Zahlteller und all den Schaumfestigern, Tönungen und Sprays auf der Ladentheke abgelegt und liegengelassen hatte.

„Endlich!" brach es aus Annette euphorisch hervor, kaum dass die Ladentür zugefallen war. „Wie hältst du das wirre Geschwätz dieser alten Jungfern nur den ganzen Tag aus? Wirklich bewundernswert."

„Heute war es alleine die Vorfreude auf dich. Na, komm schon!"

Ihre Lust aufeinander hatte etwas Animalisches. Endlich hatten sie sich. Annette verlor sich im wahrsten Sinne des Wortes. Sie gab Tony alles, und das war bei ihrer Fülle nicht gerade wenig.

Ihr anhaltend spitzer Schrei, der den ganzen Salon immer wieder für scheinbar nicht enden wollende Sekunden ausfüllte, war das akustische Vollstreckungssignal, dass seit langer Zeit wieder ein Mann von ihr Besitz ergriffen hatte. Und Tony übertraf sich. Die überdimensionalen Rundungen animierten ihn zu erotischer Raserei. Sie spürte den Mann in sich und genoss es, sich diesem Sexwüstling, der den ganzen Ort an der Nase herumführte, ohne jegliche Einschränkungen hingeben zu können.

Sie trieben es nun schon fast zwanzig Minuten miteinander, und das hemmungslos. Ihre Lustschreie konnten getrost als öffentlich bezeichnet werden, so laut waren sie. Und so war es nur die logische Konsequenz, dass in diesem unkontrollierten Erotikrausch das Schrillen der Türklingel untergehen musste, die trotz fortgeschrittener Stunde ausgelöst wurde, als wider Erwarten noch einmal jemand gemächlich in den Laden kam.

Gunhild Büchsenschütz hatte erneut den Salon betreten. Etwas verworren aber akribisch suchte sie den kompletten Friseurladen nach ihrem Schlüsselbund ab, als sie plötzlich ein aus ihrer Sicht beängstigendes Geschrei vernahm, das die biedere Katholikin ganz eindeutig als dramatischen Hilferuf deutete, der zweifellos aus dem Nebenraum kommen musste. Panikartig, ohne weiteres Anklopfen riss sie die Tür zum Séparée auf und erwischte das vergnügte, lautstarke Paar in einer Stellung, die es den beiden aktiven Schwergewichten nahezu unmöglich machte, aufzuspringen oder noch schnell irgendetwas notdürftig verdecken zu können. Was sie sah, verschlug ihr zunächst die Sprache.

Und so hatte Tony seinen Coitus Interruptus erst, als er die kalte Schirmspitze auf seinem Hintern spürte. Dramatisch nach Luft schnappend japste die alte Büchsenschütz schließlich völlig außer sich:

„Und wir dachten immer, Sie seien schwul - wie alle Friseure!"

Die Tatsache, dass Tony augenscheinlich mehreren Frauen - und ihren Ehemännern - parallel etwas vorgemacht hatte, sorgte in der mittelfränkischen Kleinstadt für weitaus weniger Wirbel als die Empörung darüber, dass ein Friseur sogar Frauen verführen konnte, und einem Vorurteil gemäß eben nicht schwul war, obwohl es doch eindeutig für fast alle den Anschein hatte - und das schon so viele Jahre...

5
DIE DILETTANTISCHEN DOCS

Auf den ersten Blick hätte man die beschauliche, kleine wie elitäre Privatklinik am Rande des Odenwalds für einen Gesundheitstempel erster Klasse halten können, in dem man sich gut aufgehoben fühlt. Doch hinter den Mauern dieser *Caro-Klinik*, von der man sich erzählte, dass sich dort sogar hochrangige Politiker und Promis die Klinke in die Hand gäben, brodelte es gewaltig. Inwieweit hier tatsächlich namhafte Persönlichkeiten erfolgreich behandelt worden waren, wusste außerhalb dieses Klinikums allerdings niemand ganz genau. Zum einen konnte dies in der Diskretion des Hauses begründet sein, viel eher aber war davon auszugehen, dass es sich mehr um ein geschickt gestreutes Gerücht handelte, allein mit dem Ziel, die Frequenz an besonders liquiden Kranken gleichbleibend hochzuhalten.

Die Machenschaften der Mediziner hatten mitunter schon skrupellose Züge: So missbrauchten sie beispielsweise ihre Dialysestation habgierig zum Geldvermehren. Selbstherrlich spielten sie für die meisten ihrer Dialysepatienten Schicksal, indem sie eigenmächtig wie verantwortungslos kaum einen Nierenkranken auf die Transplantationsliste setzten. Frei nach dem Motto: Ein Patient mit einer neuen

Niere ist ein Dialysepatient weniger. Denn nur wer ständig zur Blutwäsche erscheint, spült ordentlich Geld in die Klinikkasse - pro Patient und Woche immerhin rund 500 zuverlässige Euro. Und die Entscheidungsgründe waren an Zynismus nicht mehr zu überbieten: Die Jüngeren hätten ihrer Meinung nach noch ausreichend Zeit für eine Transplantation, und bei den älteren Patienten lohne es sich ohnehin nicht mehr. Über einen in der Konkurrenzklinik gerade kursierenden Transplantationsskandal, bei dem Patientendaten gefälscht worden waren, um die Wartelisten für Spenderorgane zu manipulieren, konnte man hier nur schmunzeln. Nein, mit solchen Anfängerfehlern beschäftigte man sich nicht.

Die kriminelle Wirklichkeit in Sachen Dialyse war nur ein Standbein des verwerflichen Handelns und gehörte zum alltäglichen Pfusch, der hier virtuos vertuscht wurde wie in kaum einer anderen, vergleichbaren Klinik.

Über Jahre hatten in der *Caro-Klinik* vor allem zwei Mediziner immer wieder die Kurve gekriegt, weil sie sich auf verhängnisvolle Weise gegenseitig gedeckt hatten: Chefarzt Prof. Dr. Fred Brenneisen und Oberarzt Dr. Christoph Mink. Beide waren alles andere als top. Manche Mitarbeiter hatten von der einen oder anderen Pfuscherei zwar vage Kenntnis, aber nichts Beweisbares in den Händen. Zudem hielten sie aus sehr eigennützigen Gründen konsequent den Mund. Bis auf Dr. Sebastian Krüger, ein tüchtiger, sehr begabter Chirurg aus dem Osten der Republik, der noch in der DDR eine Facharztausbildung zum Kinderchirurgen machen konnte, die es in der BRD so nicht gab.

Das Glück der beiden Götter in Weiß basierte auf der Tatsache, dass die meisten Patienten, denen die Behandlungsmethoden dieser Koryphäen nicht bekommen waren, bereits das Zeitliche gesegnet hatten und so gegen deren ärztlichen Pfusch keine Klage mehr führen konnten. Außerdem war für sie von Vorteil, dass es hierzulande noch immer keine Meldepflicht für Behandlungsfehler gibt. Das Komplott dieser beiden medizinischen Krücken sollte also noch lange unentdeckt, und damit ungesühnt bleiben...

Es hätte als segensreiche Fügung des Schicksals bezeichnet werden müssen, wäre Christoph Mink nie Arzt geworden. Und eigentlich waren die Voraussetzungen hierfür auch gar nicht so schlecht. Außer guten Noten für die Zulassung zum Medizinstudium brachte Mink für den Arztberuf keinerlei Begabung mit. Ihm war von Anfang an absolut klar, dass er dafür völlig ungeeignet war. Für ihn standen bei seiner Entscheidung, doch Arzt zu werden, Reputation und Verdienst im Vordergrund. Monetärer Verdienst, versteht sich. Hinzu kam noch der ehrgeizige Wunsch der Eltern, beide sehr erfolgreiche Ärzte, ihr Sohn solle, oder besser gesagt *müsse* unbedingt ein angesehener Mediziner werden, am liebsten in der Kategorie Klinikchef. Ausgesprochen wurde das aber nie.

Erste Probleme zeichneten sich bereits in den Anfangssemestern ab, als der Student Mink in der Pathologie schon auffallend große Schwierigkeiten hatte, den Leichen mittels Skalpell beherzt zu Leibe zu rücken. Und schon als seine erste Patientin, ein neunjähriges Mädchen aus dem Sauerland, das über heftige Bauchschmerzen klagte, operativ in letzter Minute von einem Kollegen gerettet wurde, gab es im Klinikum bereits erste, leise Zweifel, ob Mink weiterhin für die Stelle des Assistenzarztes der Richtige sei. Das Mädchen war ganz offensichtlich kurz vor einem Blinddarmdurchbruch. Jeder angehende Mediziner hätte das unschwer diagnostizieren können, doch Mink vertrat - aus Überheblichkeit und wohl auch aus einer gehörigen Portion Unfähigkeit heraus - die Ansicht, es mit einer chronischen Darmentzündung zu tun zu haben, und verweigerte kategorisch die *völlig unnötige Operation.*

Um die Wasserbruch-OP allerdings kam er nicht herum. Der Klinikchef, Professor Dr. Alwin Henkels,

Golfpartner seines Vaters, hatte höchstpersönlich dafür gesorgt, dass Minks alter Herr seinem Sohn gehörig eingeheizt hatte, diese OP persönlich durchzuführen, zumal er selbst der Diagnose stellende Arzt war. Da Christoph Mink in sich dasselbe grenzenlose Vertrauen setzte, wie es auch sein 67jähriger Patient getan hatte, hätte eigentlich nichts schiefgehen dürfen. Unter der Assistenz seines Oberarztes, Dr. Tasso Rüger, setzte er zunächst das Skalpell lehrbuchmäßig richtig am besten Stück seines Patienten an. Nach kurzem Blickkontakt und zustimmendem Nicken seines Chefs begann er die Hydrozele *(eine seröse, übermäßige Flüssigkeitsansammlung im Hodensack und ggf. im Samenstrang)* des Patienten allerdings einen Tick zu hastig freizulegen, als ihn der Oberarzt mit einem unmissverständlichen Blick stoppte:

„Wir wollen ihm doch sein Genital lassen, oder?" Irritiert blickte Dr. Mink den Oberarzt an. „Ja, wenn Sie jetzt so weiter schnippeln liegt sein Schwanz gleich in der Schale, Herr Kollege. Das wollen wir doch nicht, oder?"

Mink zögerte einen winzigen Augenblick, schnitt dann aber langsam weiter in Richtung Peniswurzel.

„Stopp! Sie machen ja einen Wallach aus ihm. Treten Sie zurück, ich übernehme!"

Mit wenigen Schnitten legte der Oberarzt jetzt die Hydrozele professionell frei und entfernte sie.

Als er seinen jungen Kollegen fragen wollte, ob er die Wunde seines Patienten schließen wolle, hatte dieser vor Wut kochend bereits den OP-Bereich verlassen. Wenig amüsiert verließ auch Rüger kurze Zeit später den OP, nicht ohne Order gegeben zu haben: „Dr. Mink in mein Büro!"

„Bevor ich in meinem OP-Bericht Ihre unterirdische chirurgische Leistung dokumentiere und somit Ihrer Karriere womöglich einen irreparablen Schaden zufüge, erwarte ich Ihre sofortige Kündigung. Im Gegenzug wäre ich zu einem neutralen OP-Bericht bereit."

„Sie lassen mir keine andere Wahl?"

„Nein", kühl und knapp war die Antwort des Oberarztes, „die Leitung des Hauses hat ohnehin nicht mehr das erforderliche Vertrauen in Ihre medizinischen Fähigkeiten. Ersparen Sie es dem Professor, diese unsere Einschätzung Ihrem Herrn Vater im Falle einer Kündigung seitens der Klinik aus kollegialen Gründen zur Kenntnis geben zu müssen."

Auf leisen Sohlen, aber wenig einsichtig, machte sich Christoph Mink davon.

Na, wenigstens bist du noch im Spiel, frohlockte er, griff zu seinem Handy und rief aus seinem Audi A4 einen alten Bekannten an, der wegen seiner Habilitation Minks Vater zu großem Dank verpflichtet war: Professor Fred Brenneisen, Chef eines elitären Klini-

kums mit Blick auf den Odenwald. Es war eine trag-
fähige Seilschaft, wie sich schnell heraus stellte.
Zwei Monate später wurde Mink in der *Caro-Klinik*
als neuer Oberarzt vorgestellt.

Seine erste Patientin war eine 23 Jahre alte hoch-
schwangere Frau. Es war gegen 7 Uhr morgens und
Minks Nachtdienst neigte sich dem Ende zu. Die Frau
klagte über starke Schmerzen im Unterleib und im
Rücken.

„Dass wir ein Baby erwarten, ist ja offensichtlich,
daran kann es ja nun nicht liegen", stellte Mink, der
nichts wie weg wollte, lapidar fest, verabreichte der
Frau hastig eine starke schmerzstillende Spritze und
entließ sie nebst Ehemann wieder nach Hause. Die
Frau musste unter dramatischen Umständen vor
einer Polizeistation in einem DRK Rettungswagen
ihr Kind zur Welt bringen. Die wenig später bei der
Ärztekammer eingereichte Beschwerde der Patientin
wurde nach sechs Monaten von der Kammer als *un-
begründet* abgewiesen. Eine Kopie dieses Bescheids
ging an Dr. Christoph Mink, der sich als behandeln-
der Arzt natürlich bestätigt fühlte. Über Minks Fahr-
lässigkeit, die kurz vor der Geburt stehende Frau
überhaupt wieder aus der Klinik zu entlassen, wurde
auch seitens der Kammer kein einziges Wort verloren. Oberarzt Dr. Christoph Mink war voller Taten-
drang und so warf er sich an die Patientenfront.

Unvermittelt traf es so auch die in der elften Woche schwangere 22jährige Jurastudentin Martina Ammer, die zur Routineuntersuchung erschienen war. Auf das Ergebnis allerdings war die attraktive Studentin nicht vorbereitet.

„Es gibt keinen Herzton mehr, Ihr Kind ist tot", sagte Mink wenig einfühlsam. „Der Fötus muss aus Ihrem Körper - und zwar schnell!"

Verantwortungslos händigte er der konsternierten Patientin zwei Abtreibungstabletten sowie einige Schmerztabletten aus und bestellte sie nach dem Abgang des Fötus zur Ausschabung wieder in die Klinik. Noch im Hinausgehen leistete die Patientin energischen Widerstand gegen Minks Diagnose:

„Das glaub ich jetzt nicht, Doktor!"

Aber ohne die junge Frau weiter zu beachten, sagte Mink nur: „Das sagen alle Frauen in dieser Situation", und versuchte sie durch die Tür seines Behandlungszimmers zu schieben.

„Ich werde Ihre Tabletten nicht nehmen, bevor ich nicht im Besitz einer zweiten Diagnose bin."

Echauffiert warf sie ihm die Tabletten vor die Füße. Als Dr. Mink wenig später seiner MTA das Untersuchungsprotokoll von Martina Ammer zur Wiedervorlage übergab, fragte diese erstaunt:

„Sie wissen schon Doktor, dass das Gerät nicht einwandfrei arbeitet?"

„Schon", entgegnete dieser kurz angebunden,

„aber gerade funktionierte es noch ganz prima."

Für den Moment war Martina Ammer die Freude auf das Baby abhandengekommen. Je länger sie auf der Suche nach einer gynäkologischen Praxis durch die Stadt irrte, desto sicherer war sie, dass dieser Dr. Mink ihr Unsinn erzählt hatte, und umso wütender wurde sie.

Eine knappe Stunde später hatte sie wieder die glückliche Gewissheit, tatsächlich weiter im dritten Monat schwanger zu sein. Allerdings vermochte die Jurastudentin die Gynäkologin nicht dazu zu bewegen, ihr als Zeugin gegen Dr. Mink zur Verfügung zu stehen.

„So etwas kann schon mal passieren", sagte sie, aber es sei ja nichts Gravierendes geschehen und sie würde ihr Kind ja nun auch bekommen. Martina Ammer hatte verstanden. Blasiert und im Rausch seiner Oberarztkarriere wagte sich Mink nun auch an Operationen, für die er lediglich theoretische Kenntnisse besaß, also Schulkenntnisse gewissermaßen. Und so erwischte es die neunjährige Steffi Scholz. Eine Zyste an der linken Niere war ihr Problem. Bei der OP-Plan Besprechung reklamierte Dr. Krüger, der ausgebildete Kinderchirurg, diese OP für sich, als ihm Mink kurzerhand über den Mund fuhr:

„Die übernehme ich!"

„Ich bin aber speziell für Operationen an Kindern ausgebildet, Kollege Mink."

„Ich muss doch bitten, was soll das denn Dr. Krüger? Wo existiert beim Menschen da ein Unterschied zwischen groß und klein. Sie können mir assistieren."

Dr. Sebastian Krüger zog es vor, jede weitere Diskussion zu vermeiden. Aus einem unerfindlichen Grund aber begnügte er sich mit der Tatsache, einfach dabei zu sein. Am OP-Tisch standen sich die beiden Ärzte gegenüber. Krüger registrierte irritiert wie Mink sich inszenierte und etwas zu schwungvoll das Skalpell ansetzte. Für einen winzigen Augenblick war Krüger von dem Anästhesisten in Anspruch genommen. Als sein Blick sich wieder dem Operationsfeld zuwandte, fuhr ihm der Schreck in die Glieder: Mink war gerade dabei die rechte Niere freizulegen.

„Sie sind falsch, Herr Kollege, es geht um die linke Niere."

„Aha, der Kinderchirurg weiß es besser", meinte er höhnisch und operierte ungerührt weiter.

In sachlichem Ton forderte Krüger Mink jetzt dringend auf, die OP abzubrechen. Die verräterischen feinen Schweißperlen auf Minks Stirn begannen ihn zu beunruhigen. Aber was konnte, was musste er in dieser brenzligen Situation tun? Mink war schließlich der Oberarzt. Seine provokante Frage nach der Zyste ließ Mink unbeantwortet. Sichtlich entnervt legte er plötzlich sein Operationsbesteck nieder und sagte pikiert:

„Wir haben es hier mit einer Fehldiagnose zu tun. Es gibt überhaupt keine Zyste an der Niere des Mädchens. Wer ist der diagnosestellende Arzt?"

Krüger war baff und antwortete nur knapp: „Ich."

„Na, da haben wir's, der Kollege Kinderchirurg."

Minks Arroganz war nicht zu überbieten. Und bevor Krüger überhaupt zu einer Reaktion fähig war, hörte er Mink sagen: „Krüger übernehmen Sie, und machen Sie die Patientin zu."

Dann verließ er den OP.

Nicht selten wurde die Luft dünn in all den Jahren in diesem undurchsichtigen Klinikum, das nach außen hin aufgrund seiner beschaulichen Lage so vertrauenserweckend wirkte. Aber irgendwie bekam das Führungsduo immer wieder gerade so die Kurve. Der eine deckte die Unfähigkeit des anderen. Das Personal bekam im direkten Vergleich zu seinen Berufskollegen ein beachtliches *Schweigegeld*, wenn man ihr Gehalt mal so nennen darf, und drückte dafür alle Augen zu. Jahr für Jahr. Selbst bei Todesfällen, wie dem des angesehenen, jungen Kommunalpolitikers Theo Willke.

Willke, Ende dreißig, verheiratet, eine Tochter, ein zweites Mädchen war unterwegs. Als er beabsichtigte für den Ernstfall eine Lebensversicherung abzuschließen und seine Versicherungsgesellschaft die Vorlage eines ärztlichen Attests einforderte, konsultierte er gutgläubig einen Mediziner. Aufgrund vermeintlich bester gesundheitlicher Verfassung war die Anzahl an Ärzten, die Willke im Laufe seines bisherigen Lebens aufgesucht hatte, recht überschaubar. Zum Glück - man könnte rückblickend allerdings auch sagen: zu seinem Unglück. Denn Willke hat die Klinik nicht mehr lebend verlassen. Die genauen Umstände seines Todes sind bis heute strittig. Unstrittig aber ist, dass zumindest einer der beiden Geschäftsführer des Klinikums, in dem Willke nach kurzer Recherche im Internet um einen Termin gebeten hatte, nicht ganz unbeteiligt an seinem Tod gewesen zu sein schien.

Internist und Herzchirurg Dr. Werner Fuß untersuchte Willke zunächst standardmäßig, wie üblich in einem solchen Fall. Die entsprechende Akte landete allerdings wenig später auf dem übermäßig großen Schreibtisch aus Massivholz von Prof. Brenneisen höchstpersönlich. Bei einem Kommunalpolitiker einen bleibenden Eindruck zu hinterlassen, noch dazu bei einem, der am Beginn seiner potentiellen Karriere steht, das wollte sich der Chef auf keinen Fall entgehen lassen. So jemand könnte schließlich einmal von großem Nutzen sein.

„Ich rate Ihnen zu dem Eingriff. Zeitnah. Reine Routine in einem Klinikum wie dem unsrigen", bewertete Brenneisen nach Sicht der Unterlagen die

Tatsache, dass bei Willke augenscheinlich ein Herzfehler vorlag, mit dem man zwar leben könne, bei dem das Risiko allerdings nicht zu unterschätzen sei.

Nach kurzer Rücksprache mit seiner Frau, und vor dem Hintergrund des beabsichtigten Abschlusses der Lebensversicherung, ließ sich Willke nicht lange überreden und legte sich noch im selben Monat unter das Messer. Einzige Bedingung: „Chefarztbetreuung rund um die Uhr und natürlich ein Einzelzimmer ohne Publikum. Ich bitte Sie sehr um Diskretion.‟

„Ich bitte Sie‟, entgegnete Brenneisen selbstsicher und beinahe väterlich, „außer mir wird Sie kaum jemand zu Gesicht bekommen.‟

Was genau sich acht Tage später im OP, und vor allem in der darauf folgenden Nacht ereignete, darüber schweigt sich das beteiligte Klinikpersonal bis heute aus, so wie man das jahrelang *trainiert* und praktiziert hatte, in dieser fast schon sektenartigen Gemeinschaft, in der man sich zwar einerseits nicht ausstehen konnte, aber dennoch auf eine unangenehme Art und Weise zusammenhielt.

Eine *Verkettung tragischer Umstände* sei die Ursache seines Todes gewesen, sagen die einen, schwere Behandlungsfehler, klassischer Ärztepfusch, behaupten Angehörige und deren Gutachter. Ein durch Sauerstoffmangel irreparabler Hirnschaden könnte Willke ins Koma und schließlich in den Tod befördert haben.

Der Prozess gegen das Klinikum ist einer von vielen, die noch ausstehen. Allerdings ist davon auszugehen, dass nach dem Aus der *Caro-Klinik* - und der damit verbundenen Insolvenz - aus Sicht der Angehörigen wohl wenig Aussicht auf zumindest finanziellen Erfolg bestehen dürfte.

Das amateurhafte Gebaren konnte nach dem prominenten Todesfall des Kommunalpolitikers Willke noch jahrelang mehr oder weniger unbemerkt so weitergehen. Kleinigkeiten wurden weiter vertuscht oder bagatellisiert. Beispielsweise die Tatsache, dass es inzwischen sogar Gerüchte gab, Mink habe sedierte, junge Frauen vereinzelt während seiner Untersuchungen unsittlich berührt und womöglich sogar gefilmt. Eine Bürokraft soll ihn über längere Zeit *versehentlich* durch ein kleines Seitenfenster beobachtet haben und dabei ebenfalls mit Spaß bei der Sache gewesen sein.

Alles nur Gerüchte?

Bis heute ist auch das noch nicht endgültig geklärt. Die Indizien und Aussagen einiger weniger Frauen, die sich der Polizei anvertrauten, reichten der Ordnungsmacht für eine Strafverfolgung nicht aus, so die lapidare Begründung, diesen Anschuldigungen weiter nachgehen.

Bis Ruheständler Cornelius Appelmann schließlich in die Hände der beiden Berufspfuscher gelangte, sollten noch etwa drei Jahre vergehen. Inzwischen hatte man die skrupellose Profitgier – zumindest bei Krebspatienten im Endstadium – etwas gedrosselt. Ob aus Empathie, Einsicht oder aus Angst vor weiteren unbequemen Fragen, blieb allerdings offen. Appelmann, seines Zeichens einst erfolgreicher Geschäftsmann mit Vorliebe für Kreuzfahrten und Theaterabende, genoss seinen Ruhestand in vollen Zügen. Berufliche Sorgen und zwei gescheiterte Ehen gehörten seit nunmehr einem knappen Jahrzehnt der Vergangenheit an. Gedanken an mögliche Gebrechen ob seines fortgeschrittenen Alters - Appelmann war Jahrgang 1921 - verdrängte er bis zur Perfektion. So lebte er allzeit aktiv, aber bescheiden in den Tag hinein nach seinem Motto: *Glück ist, wenn man sich dort kratzen kann, wo es juckt.* Und wenn etwas mal zwickte oder schmerzte, verfuhr er stets nach der Devise: *Was von alleine gekommen ist, geht auch von alleine wieder weg.*

Dass sein Todesurteil einmal während eines einzigen Arztbesuchs gefällt werden sollte, daran hätte der nach außen hin so selbstsichere, kultivierte und intellektuelle Herr nicht im Traum gedacht.

Der Weg führte Appelmann direkt in die beschauliche *Caro-Klink*, die Luftlinie zwölf Kilometer von seiner stattlichen, längst vollständig bezahlten Villa in nicht weniger idyllischer Lage entfernt gelegen war und rein äußerlich betrachtet dem entsprach, was Appelmann sich so unter einem erstklassigen Ärztehaus vorstellte.

„Wenn Sie Glück haben, können Sie noch einmal erleben, wie nächstes Frühjahr die Tulpen und Narzissen in Ihrem Vorgarten aufblühen. Ich muss Ihnen das leider so direkt sagen, damit Sie die Zeit, die Ihnen noch bleibt, so bewusst erleben wie möglich und ganz nach Ihren Wünschen gestalten. Es tut mir sehr leid", entgegnete Brenneisen dem alten Mann auf die Frage, wie lange ihm denn noch bliebe. Vorausgegangen war die unwiderrufliche Diagnose mit Todesurteil: unheilbarer Tumor in der Lunge. Für einen Routinecheck vor einer längeren Kreuzfahrtreise war Appelmann eigentlich gekommen.

„Und eine Therapie hat überhaupt keine Aussicht mehr auf Erfolg?"

„Ich will ehrlich sein mit Ihnen, Herr Appelmann. Viele Patienten, die unheilbar an Krebs erkrankt sind, wiegen sich mit einer Chemotherapie in falscher Sicherheit. Eine sporadische Besserung ihres Zustandes verleiht ihnen die Hoffnung auf scheinbare Heilung, die es nicht mehr gibt. Unabhängig übrigens vom Grad ihrer Bildung. Keiner will sterben. Eine Studie aus den USA hat das gerade einmal wieder für zwei Drittel aller Betroffenen bestätigt. Man verlängert nur das Sterben um einen hohen Preis. Und vielen Patienten geht es dabei hundeelend. Manche begeben sich sogar noch mit ihrem halben

Vermögen in die Hände vermeintlicher Wunderheiler. Ich möchte Ihnen das ersparen. Organisieren Sie ganz in Ruhe die Dinge, die Ihnen noch wichtig sind, klären Sie Ihren Nachlass und sorgen Sie für eine gute, professionelle Betreuung in Ihren letzten, leider nicht allzu fernen Wochen oder Monaten. Es gibt gute Hospize hier in der Nähe, die sich hervorragend um Sie kümmern werden."

Konsterniert, betrübt und wortlos verließ Appelmann darauf hin Büro und Klinikum. Für immer.

In seiner Villa angekommen, durchschritt er rastlos und ohne Ziel ein Zimmer nach dem anderen. Genauso wirr verliefen seine Gedankengänge in diesen Stunden und den darauf folgenden Tagen. *Austherapiert*, davon hatte er schon des Öfteren gehört und gelesen. Reden darüber wollte er aber mit niemandem. Appelmann war kein Kind von Pathos oder Religiosität. Dass das Leben endlich ist, war ihm klar. Trotzdem wurde auch ihm diese Tatsache erst so richtig bewusst, als sein Todesurteil offiziell besiegelt wurde. Jetzt war es anscheinend so weit. Ein Schicksalsschlag. Von einer Minute auf die andere ist das Leben nicht mehr, was es war. Glaube an Gott und ein Leben danach hin oder her.

Nach den ersten Tagen des Schocks - Appelmann hatte noch immer mit keinem über sein bevorstehendes Ableben gesprochen - organisierte er all das, was der Klinikchef ihm nahegelegt hatte: Vermächtnis, Bestattungsmodalitäten, weitgehende Auflösung der Konten, Abbestellung aller Tageszeitungen und Magazine, die ihn inzwischen ohnehin nicht mehr interessierten - genauso wenig wie das Fernsehprogramm. Er schrieb ein paar kurze Zeilen an seine Nachbarn und die wenigen, wirklich guten Bekannten. Seinen Hausrat bot er in einer Kleinanzeige zum Verkauf an, genauso wie seine Villa. Alles ging ganz schnell, denn der Verkaufspreis lag in Zeiten des Immobilienbooms weit unter Wert.

Mehr als 16 Monate lebte Appelmann nun schon in diesem Hospiz, 200 km von seinem früheren Wohnort entfernt, und erfreute sich zum Erstaunen der Belegschaft noch immer bester, physischer Gesundheit. Seelisch aber war Appelmann längst tot. Apathisch wartete er auf das baldige Ende, das aber einfach nicht kommen wollte. Selbst Hospizärzte, die lange Zeit die Expertise der Berufskollegen des Fachklinikums nicht in Frage gestellt hatten, wunderten sich irgendwann, wie es sein konnte, dass weder Atemprobleme eintraten noch die sonstigen Symptome, die mit einer derartigen Diagnose normalerweise schon nach wenigen Wochen oder Monaten einhergingen.

Erst ein junger, angehender Arzt, Nicolai Höhne, der während seiner Ausbildung hier Station machte und sich besonders empathisch für die einzelnen Bewohner und Patienten interessierte, untersuchte Appelmann aus eigenem Interesse erneut von Kopf bis Fuß. Fassungslos stellte er fest: Der alte Herr war kerngesund.

Die durch das Hospiz aufgeweckte Öffentlichkeit hatte viele ehemalige Patienten des berüchtigten Ärzteduos Mink und Brenneisen ermutigt, auch ihre Geschichte endlich öffentlich zu machen. Die Folgen: Schadenersatzklagen und Schmerzensgeldforderungen in Millionenhöhe und ein Einbruch der Patientenzahlen um mehr als 60 Prozent.

Das Kliniksterben ging so schnell, wie man einst Cornelius Appelmann prophezeit hatte, dass er sterben würde. Dieser aber sollte noch wesentlich länger leben. In einer kleinen Mietwohnung in Schwabing, weit weg vom Odenwald, verbrachte der alte Mann einen für seine Verhältnisse einsamen und bescheidenen Lebensabend. Der Lebensfreude, die er einmal besessen und ausgestrahlt hatte, hatte man ihn in der *Caro-Klinik* für immer beraubt. Appelmann las viel, schaute aus dem Fenster und sinnierte erneut über den Sinn des Lebens und des Sterbens. Dass ausgerechnet er an Lungenkrebs erkrankt sein sollte, wo er doch ein Leben lang nicht eine einzige Zigarette angerührt hatte, hatte ihn aus unerklärlichen Gründen nie stutzig gemacht.

Im Alter von 91 Jahren starb Appelmann schließlich viele Jahre nach dem ärztlich terminierten Todesurteil. Mitten in einer Tiefschlafphase hörte sein Herz plötzlich auf zu schlagen. Einfach so. Von einem Tumor keine Spur.

6
DER BORNIERTE BOSS

Er war ein über alle Maßen unerträgliches Arschloch, das seine permanente Unzufriedenheit für Führungsstärke hielt und seine gesegnete Inkompetenz mit der Intelligenz eines Hornochsen tapfer ignorierte. Sein durchgängiges Unvermögen, Sachverhalte zu begreifen und diese den Kollegen zu vermitteln, paarte sich mit der himmelschreienden Unfähigkeit, die ihm seit geraumer Zeit anvertraute Abteilung auch nur ansatzweise leiten zu können - fachlich wie menschlich. Allmorgendlich dilettierte dieser Kleingeist in den Konferenzen vor sich hin, ließ seinen ungeordneten Hirnblähungen auf der Suche nach uneingeschränkter Bestätigung freien Lauf, ohne dass seinen Gedankengängen auch nur ansatzweise jemand ernsthaft folgen konnte. Das weit verbreitete Phänomen unter Chefs, erfolgreiche Ideen und Anerkennung persönlich zu verbuchen, Misserfolge, Verantwortung und Risiken jedoch auf andere zu verlagern, war so ziemlich das Einzige, was er perfekt beherrschte. Dass er es auch in Sachen Körperhygiene nicht so genau nahm, sei hier nur am Rande erwähnt. In Deos investierte er jedenfalls nie. Kurzum: Man konnte ihn also im wahrsten Sinne des Wortes nicht riechen.

Die Berufung durch den Vorstandsvorsitzenden war der personifizierte Rohrkrepierer des Jahres. Doch dem Top-Management fiel die Fehlbesetzung dank seiner ebenfalls unterernährten Menschenkenntnis nicht im Geringsten auf - weder vor noch nach seiner Installierung und fehlgeschlagenen Bewährung. Ganz offensichtlich wollte im Nachhinein auch keiner vom Vorstand mehr korrigierend eingreifen. Offenbar sollte Gesichtsverlust vermieden werden. Und das alles zu Lasten der betroffenen Mitarbeiter, die nahezu ausnahmslos diesen Schwätzer und Schaumschläger innerhalb weniger Tage durchschaut hatten.

Die Tatsache, dass er mit einer unvorstellbaren Summe jeden Monat belohnt wurde, die man zudem mit nicht mehr nachvollziehbar hohen Zulagen aufstockte, die eigentlich jenen Mitarbeitern zustanden, die fortwährend die Fehler und Unfähigkeit dieses geistigen Tieffliegers im Sinne der Firma korrigierten und kaschierten, schürte den Hass auf diesen Idioten ins schier Grenzenlose.

Er war schlichtweg doof und widerlich. Und in seinen letzten Monaten war er über alle Grenzen des Zumutbaren hinausgeschossen. Er war in seiner Selbstüberschätzung zu weit gegangen. Er hatte den Bogen überspannt.

„Jetzt ist er erledigt!" sagte Lorenz zu seinem Kollegen Frank. Und das war er in der Tat.

Was war passiert?

Es war an einem trüben Samstag, kurz vor 11 Uhr. Lorenz und Frank hatten nicht die Absicht, sich lange in der Firma aufzuhalten. Nur sein privates Tablet, das er am Vortag vergessen hatte, wollte Frank noch abholen, bevor es zum Sport gehen sollte.

Beruflich wie privat waren die zwei überzeugten Singles schon seit Jahren eng befreundet. Sie verbrachten die meisten Wochenenden miteinander; mal machten sie die Spielbank unsicher oder sie tobten sich stundenlang beim Squash spielen aus, nicht selten wurden - je nach Wetterlage - auch gemeinsame Ausflüge unternommen, bei denen man einfach nur so plauderte, natürlich auch über ihren Chef, zu dem beide ein äußerst distanziertes Verhältnis hatten, was allerdings auf Gegenseitigkeit beruhte. Dieser Typ hatte grundsätzlich ein Problem mit Mitarbeitern, die in der Lage waren, seine mit Neid und Geiz gepaarte, mangelhafte Sachkenntnis zu durchschauen, und ihn dies von Zeit zu Zeit spüren ließen. Durchschaut hatten ihn die meisten jedoch relativ schnell, genau genommen bereits kurz nach seinem Amtsantritt. Es war ja auch nicht schwierig.

Schon sein Vorgänger war nicht gerade der kompetenteste und umgänglichste Vorgesetzte gewesen, ein kleiner Sadist. Einmal pro Monat ließ er beispielsweise eine Handvoll Bewerber zu einem Vorstellungsgespräch antreten, obwohl es gar keine Stelle zu besetzen gab. Er hatte schlicht Spaß daran, Menschen zu demütigen und dabei seine vermeintliche Machtposition auszuleben. So gesehen konnte Lorenz und Frank ein geübtes Händchen im Umgang mit, sagen wir, *unbequemen* Führungspersönlichkeiten bescheinigt werden.

Seine erste Amtshandlung, die Dr. Eberhard Scheidecker nach seiner Installierung als Chef vornahm, bestand in der blitzschnellen Demontage der Sekretärin seines Vorgängers, die nun die seinige geworden war und die der Firma seit 27 Jahren treue Dienste geleistet hatte, zuverlässig und loyal. Diese Frau sollte, nein, sie *musste* weg. Und zwar so schnell wie möglich. Der einzige, dämliche Grund: ihre weit über fünfzig Lebensjahre und die etwa ebenso hohe Anzahl an Übergewicht in Pfunden, was sie allerdings in keiner Weise unästhetisch oder gar ungepflegt wirken ließ, ganz im Gegensatz zu ihrem Chef. Im direkten Vergleich zu den frustrierten, seit Jahren schon vor sich hin hungernden Mittzwanzigerinnen strahlte Mathilde Sommer Warmherzigkeit, Optimismus, Menschlichkeit und Ehrlichkeit aus. Und das nun schon jahrzehntelang. Ihr machte diese Arbeit Spaß. Und das merkte jeder, der es mit Frau Sommer zu tun hatte. Und dies Tag für Tag.

Bis Scheidecker kam. Und der machte ihr ab sofort das Leben zur Hölle. Mit dem einzigen Ziel: sie auszutauschen gegen eine deutlich Jüngere mit Idealgewicht und entsprechenden anderen idealen Maßen. Auch wenn sie ebenso beschränkt gewesen wäre wie er selbst, es hätte ihn wenig oder kaum gestört. Diesbezüglich war er relativ unempfindlich. Nur jung und sexy musste sie sein, also unbedingt vorzeigbar - aus seiner sehr eindimensionalen Sicht dieser Dinge. Mathilde Sommer war das in seinen Augen nicht. Und das ließ er sie jeden Arbeitstag aufs Neue spüren.

Aber wie konnte er sie nur nachhaltig loswerden nach so langer Betriebszugehörigkeit? Das war es, was ihn die ersten Monate ununterbrochen beschäftigte. Er konnte es schlichtweg nicht ertragen, allmorgendlich sein Büro zu betreten, und dabei eine Sekretärin passieren zu müssen, die die älteste und korpulenteste im ganzen Betrieb war. Dass sie auch die qualifizierteste gewesen ist, interessierte ihren Chef nicht im Geringsten. Zur Weißglut brachte sie ihn zudem, wenn sie ihn - in Erfüllung ihrer dienstlichen Obliegenheiten – so akribisch wie unmissverständlich auf seine Fehler aufmerksam machte. Folglich arbeitete er mit allen ihm zur Verfügung stehenden fiesen Mitteln gegen sie. Wie ein trockener

Oberbuchhalter kontrollierte er Überstunden, las unerlaubterweise ihre Emails oder checkte die Telefonabrechnung, was ihn oft Stunden beschäftigte. Irgendwann, nachdem er einfach nichts fand, was er gegen sie hätte verwenden können, rief er sie eines Tages in sein Büro.

Das Gespräch verlief recht einseitig und direkt. Sie sei zu alt für die neuen, sozialen Kommunikationsmittel und technischen Innovationen und dazu noch viel zu teuer, bescheinigte er ihr ohne lange Umschweife. Langfristig müsse sie ihren Platz räumen, ob sie es einsehe oder nicht, das sei ihm völlig egal. Seine einleitenden Worte übrigens sagen alles über diesen eiskalten, menschenverachtenden Egomanen:

„Frau Sommer, das Gespräch, das wir jetzt führen, hat es nie gegeben. Wenn davon auch nur eine Silbe außerhalb dieser vier Wände die Runde macht, wird es für Sie äußerst unangenehm werden. Äußerst unangenehm. Haben wir uns verstanden?"

Zu mehr als einem irritierten Kopfnicken, nichts ahnend, was sie denn falsch gemacht haben könnte, war die langgediente Bürokraft nicht mehr in der Lage. Grußlos zog sie sich im Anschluss an den Monolog ihres Vorgesetzten in das kleine, helle Vorzimmer zurück. Für Mathilde Sommer war gerade ihre kleine heile Welt eingestürzt.

Innerhalb weniger Tage nach diesem unerträglichen Gespräch wurde sie krank, sehr krank sogar. Und sie ist es bis heute. Von ihrer Tochter aufgefangen und betreut, *lebt* die bis dahin sehr selbständige Frau - arbeitsunfähig und beruflich nicht mehr vermittelbar - in einer kleinen 50 qm Wohnung im Südosten der Stadt. Scheideckers Rauswurf hatte sie binnen weniger Wochen zerstört. Völlig apathisch war sie ziellos in ihren vier Wänden umhergelaufen oder sie hatte regungslos stundenlang auf ihrem Küchenstuhl gesessen. Diese Welt, nein, die verstand sie nicht mehr. Resignierend hatte sie sich immer und immer wieder gefragt, wo bloß ihre Lebensfreude und ihr unerschütterlicher Optimismus geblieben waren.

Warum sie von einem Tag auf den anderen nicht mehr im Büro auftauchte, blieb lange Scheideckers böses Geheimnis. Er besaß sogar die Unverfrorenheit, ihr 5000 Euro Abfindung für die restlichen Jahre anzubieten. Dass dies nicht nur eine niederträchtige Gemeinheit, sondern eine bodenlose Frechheit war, interessierte ihn überhaupt nicht. Auch hatte er keinerlei Probleme damit, sie obendrein noch zu erpressen. Würde sie über ihren *freiwilligen* Abgang aus persönlichen Gründen und das damit einhergehende finanzielle Angebot plaudern, könne er sie auch ohne Abfindung feuern. Da fänden sich schon Mittel und Wege, sie könne ja den Klageweg bestreiten.

„Das könnte allerdings langwierig und teuer werden!" konstatierte er ohne den Hauch einer Emotion.

Er wusste genau, dass ihr dazu die Kraft und Ausdauer fehlen würden. Niemals im Leben hatte es Mathilde Sommer mit Anwälten oder Richtern zu tun gehabt; sie, die sich nie etwas zu Schulden hatte kommen lassen.

„Bedenken Sie", schüchterte er sie weiter ein, „in einem Kündigungsschutzprozess spielt die Zeit immer für den Arbeitgeber. Je länger ein Prozess dauert, desto schwieriger wird es für die Betroffenen. In Ihrem Fall könnte sich das endlos hinziehen. Und glauben Sie bloß nicht, dass Sie danach noch jemand einstellen wird. Es wird ohnehin nicht leicht werden für Sie. Ich stelle Ihnen ein brauchbares Zeugnis aus, wenn Sie keinen Ärger machen."

Er hatte sich nie besonders clever verhalten; aber seine dreiste und direkte, zum Teil cholerische Art und Weise, mit der er die Leute einzuschüchtern versuchte, fertig machte, hatte immer häufiger dazu beigetragen, seine persönlichen, privaten und geschäftlichen Interessen durchzusetzen. Die Interessen seiner Mitarbeiter und die des Betriebes hingegen stellte er selbstherrlich hinten an. Und keiner wagte es, die Tatsachen öffentlich zu benennen oder gar dagegen anzugehen. Auch Mathilde Sommer nicht. Sie hat den Kampf gegen ihn erst gar nicht aufnehmen wollen - oder besser: aufnehmen können. Ihr fehlten Kraft und Chuzpe gleichermaßen. Und genau darauf spekulierte er bei ihr von Anfang an. Dass sie viele Unterstützer gehabt hätte - beruflich wie privat - oder einen Betriebsrat, den sie vertraulich hätte kontaktieren können, war ihr in diesem Moment nicht bewusst. Außerdem wäre die Arbeitsatmosphäre jetzt unzumutbar gewesen. Er wollte sie nicht; und das ließ er sie jeden Tag aufs Neue spüren. Ein Prozess hätte daran nur arbeitsrechtlich etwas ändern können, im günstigsten Fall.

Eberhard Scheidecker hatte - aus seiner Sicht - wieder einmal gewonnen.

Etwas subtiler entledigte er sich eines Mitarbeiters, der ihm mehr als überlegen war und der sich nicht so kleinlaut abservieren ließ. Darüber war Scheidecker sich im Klaren. Es handelte sich um Conrad Zichowsky. Er war der ewige Dorn im welken Fleisch des Chefs. Er hatte ihn als einer der Ersten gnadenlos durchschaut. Seine Fehler, seine Schwächen, seinen zermürbenden täglichen Dilettantismus - und: seine erstaunlich kriminelle Ader. Zichowsky war es, der einmal am Rande einer Tagung einen begründeten Verdacht in puncto Insiderhandel und Marktmanipulation angedeutet hatte, eingefädelt oder gedeckt von Scheidecker höchstpersönlich, möglicherweise sogar mit Hilfe seiner Frau, die bekannt dafür war, einem großzügigen Lebenswandel nicht abgeneigt zu sein.

Und Zichowsky lag damit goldrichtig. Nur leider ist diese Art von *Geschäften* sehr schwer nachweisbar, er hätte zudem die ganze Firma in Misskredit bringen müssen. So verliefen die Andeutungen im Sand und es blieb bei einem - offiziell nie ausgesprochenen - Verdacht. Und damit musste auch er aus dem Einflussbereich des Abteilungsleiters verschwinden. Aber wie? Rausmobben durch Zwangsversetzung lautete diesmal Scheideckers ausgetüfteltes Konzept. Dagegen käme Zichowsky juristisch nicht an. Das wusste Scheidecker ganz genau. Eine Versetzung im Allgemeinen ist kaum ein Problem. In diesem Fall allerdings schon. Scheidecker wusste, dass Zichowsky nach reiflicher Überlegung mit seiner zweiten Frau Ende vergangenen Jahres ein Haus am Stadtrand erstanden hatte. Für sich, seine Frau und die drei fünf, acht und elf Jahre alten Kinder. Eine Versetzung brachte nicht nur finanzielle Mehrbelastungen mit sich, sondern auch psychische. Dass eine Wochenendbeziehung und der Kontaktentzug seiner Kinder langfristig das familiäre Aus begünstigen könnten, kalkulierte Scheidecker knallhart.

Und so kam es dann auch. Ob der Bruch von Zichowskys Ehe allein der Zwangsversetzung geschuldet war? Förderlich war sie sicherlich nicht.

Seine fachlichen Schwächen und menschlichen Fehltritte reichten allerdings nie aus, um

Scheidecker aus der Chefetage zu kegeln. Er hatte eine Lobby, die ihn hier platziert hatte und von all seinen Verfehlungen einfach nichts wissen wollte. Selbst Preisabsprachen mit der Konkurrenz brachen ihm nicht das Genick. Nur einmal hatte er sich verzockt.

Scheidecker war von einer chronischen Eifersucht besessen; zudem war er dem Alkohol nicht abgeneigt. Auch das war ein offenes Geheimnis. Alkohol und Eifersucht - eine Kombination, die sich im ungünstigsten Falle potenziert. Und so wurde ein anonymer *Hinweis*, der in Form eines Schmierzettels eines Abends hinter den Scheibenwischern seines dunkelblauen 7er BMW angebracht war, zum Selbstläufer.

Du solltest etwas besser auf deine Frau achten. Sie scheint neuerdings auf Jüngere abzufahren!

Dass an dieser Behauptung nichts, aber auch gar nichts dran war und man nur versuchte, ihn mit seinen eigenen Gemeinheiten zu killen - das zu erkennen, dafür reichte seine Intelligenz nicht aus. Die Eifersucht war zu groß. Zudem hatte Scheidecker nahezu jeden Abend, bevor er sich ans Steuer setzte, zwei bis drei Flaschen Frascati intus, mit denen er sich den Tag über mehr oder weniger heftig benebelte, was seine zumeist negative Stimmung bis in den späten Nachmittag hinein progressiv auflud. Als er seine Frau, eine optisch durchaus nicht zu verachtende, wesentlich jüngere und attraktivere Mittvierzigerin, mit seiner neuen Information lautstark konfrontierte, eskalierte in dieser Nacht die Situation.

Schon lange und immer wieder beschäftigte ihn dieses völlig unbegründete Misstrauen, seine Frau würde ihn betrügen. Aber in seinem desolaten Hirn, in dem Argwohn, Eifersucht, Missgunst und Pessimismus vorherrschend waren, wurde sein absurder Verdacht durch diesen anonymen Zettel mehr als untermauert. Die Nacht endete jedenfalls in einer mehrfachen Vergewaltigung der brutalsten Art.

Die Tatsache, dass diese gutmütige und zurückhaltende Frau nicht schon längst die Koffer gepackt und ihm entgegnet hatte *Du kannst mich mal,* lag wahrscheinlich an seiner Position und der damit einhergehenden wirtschaftlichen Unabhängigkeit, die ihr ein Leben in Luxus ermöglichte, das allerdings einen hohen Preis hatte.

Als Scheidecker am Freitag den PC in seinem Büro anschaltete, bekam er die Quittung schwarz auf weiß. Per Email hatte ihm seine Frau, die sich am Morgen so gar nichts hatte anmerken lassen, noch in der Nacht mitgeteilt, dass sie unabänderlich beabsichtige, sich zu trennen und ihn wegen wiederholter Körperverletzung und Vergewaltigung bei der Polizei anzuzeigen. Außerdem werde sie die Behörden über seine illegalen Preisabsprachen mit der Konkurrenz sowie die Ausnutzung von Insiderwissen informieren und die ausländischen Schwarzgeldkonten öffentlich machen, auch wenn sie sich wegen jahrelanger Mitwisserschaft selbst beschuldigen, und in Zukunft ein weniger luxuriöses Leben führen müsse. Er sei eine brutale Enttäuschung - von Einsicht keine Spur. Sie bereue, ihn so lange bei seinen miesen Aktivitäten gedeckt zu haben. Der Preis für ein Leben in Luxus und Reichtum war am Ende zu hoch. Einen anderen Mann gab es allerdings nie.

An diesem Freitag kam Scheidecker nicht mehr nach Hause.

Jetzt also, am Samstagmorgen, standen Lorenz und Frank überraschend vor ihm. Ihr Chef: gut abgehangen seit dem Vorabend; die Stehleiter, die üblicherweise das Reinigungspersonal benutzte und sie dann in einer Kammer am Ende des Flurs deponierte, weit von sich gestoßen. Auf dem Schreibtisch fanden sich später drei handgeschriebene Abschiedsbriefe an seine Frau, seine ehemalige Sekretärin und an die Mitarbeiter seiner Abteilung. Briefe voller Eingeständnisse, Abbitten und Demut.

Glücklich war er in seiner ignoranten und

empathielosen Rolle als Chef und Ehemann wohl nie.

Die genauen Gründe, was ihn zu dem gemacht hatte, was er schließlich geworden war, nahm er mit ins Grab.

7
DER AUSGEWECHSELTE ALTE

„Nein, ich erkenne meinen Mann nicht mehr wieder, Doktor. Was haben Sie nur mit ihm gemacht?"

Roberta Bethge, eine korpulente Frau von 51 Jahren, hatte sich mit ihren 162 cm Körpergröße vor dem Herzchirurgen Prof. Dr. Samuel, der seit vielen Jahren auch ihr Facharzt in Herzensdingen war, aufgebaut, und verlangte Rechenschaft. Irritiert fragte der renommierte Kardiologe nach:

„Ich verstehe nicht, was Sie meinen, Frau Bethge? Mit dem neuen Herzen ist doch alles in bester Ordnung und Ihrem Mann geht es bereits seit Monaten wieder sehr gut."

„Das schon", schnaubte sie von unten herauf, „aber er hat sich in seinem Wesen und vor allem in seinen Gewohnheiten beängstigend verändert. In vielerlei Hinsicht, Professor, ist er eigentlich nicht mehr er selbst. Vieles, woran ich mich gewöhnt habe, und was ich lieb gewonnen hatte, ist einfach weg. So, als sei dies alles mit seinem alten Herzen gestorben. Und anderes, was nie so seine Art war, überrascht und irritiert mich jetzt ungeheuerlich. Das jedenfalls ist nicht mehr zu hundert Prozent mein Robert."

Sie sagte dies so, immer wieder nach Luft

schnappend, als wollte sie ihren Mann, nach dieser erfolgreichen Herztransplantation zurückgeben, ihn bei Professor Samuel gewissermaßen reklamieren.

Der Mediziner konsultierte ratlos sein breites, energisch wirkendes Kinn mit seiner rechten Hand. Dann, nach einer Weile, sagte er langsam und noch immer überlegend:

„Frau Bethge, für den Moment bin auch ich ratlos, aber möglicherweise könnten wir hinter das kommen, was Sie mir gerade als *Ihr* Problem schilderten. Dafür aber benötige ich über einen längeren Zeitraum exakte Angaben über das Ausmaß der Veränderungen seiner Persönlichkeitsstruktur und über die so auffällig veränderten Gewohnheiten."

Roberta Bethge betrachtete den Professor skeptisch und fragte schließlich verunsichert: „Professor, Sie wollen von mir allen Ernstes all seine neuen Gewohnheiten und Praktiken erfahren, ja?"

Samuel nickte nur, war aber augenblicklich sehr hellhörig geworden. Warum diese Frage, dachte er bei sich und ließ die kleine, aufgebrachte Frau nicht aus den Augen.

„Gibt es da vielleicht irgendein Offenbarungsproblem für Sie, Frau Bethge?"

„Naja, Professor, schon. Ich möchte, dass Sie wissen, dass mir nur an einer Erklärung, nicht an einer Abänderung dieser, seiner neuen Gewohnheiten gelegen ist."

Samuel schaute überrascht.

„Verstehe ich Sie richtig: Sie mögen Ihren neuen Mann mehr als den mit seinem alten Herzen?"

Etwas verlegen, von einem Bein auf das andere tretend, sagte sie verräterisch verschämt:

„In einigen Punkten schon."

„Und das soll Ihrer Meinung auch so bleiben? Sie wollen nur wissen, *warum* Ihr Mann sich jetzt so gibt, und nicht so wie *vor* seiner Herztransplantation?"

Roberta Bethge hielt ihren Kopf schamvoll nach unten gesenkt.

„Verstehe", sagte Professor Samuel und um seinen Mund spielte ein verständnisvolles, amüsiertes Lächeln.

„Liebe Frau Bethge, ich möchte Sie bitten, mir all diese neuen Gewohnheiten und - wie Sie es formulierten - *Praktiken* aufzulisten. Ich benötige ein umfassendes Bild seiner Lebensveränderungen und hoffe, Ihnen danach bald möglichst eine Erklärung liefern zu können."

„Aber", kam es zögernd aus ihr heraus, „ich kann doch weiter *du* zu ihm sagen?"

„Wie kommen Sie denn auf diese Frage, Frau Bethge? Sie haben einen Mann mit einem neuen Herzen, aber keinen neuen Mann."

„Doch", sagte sie jetzt etwas kleinlaut, „im Bett schon", machte auf dem Absatz kehrt und ließ den verdutzten Professor stehen.

„Wie war das gleich, das verstehe ich jetzt aber nicht, Frau...", aber bevor er sich wieder gefangen hatte, war ihm die Frau seines Musterpatienten aus den Augen enteilt.

Im Bett einen neuen Mann? wiederholte er nachdenkend. Sollte doch was dran sein an dieser merkwürdigen Theorie, wonach - hin und wieder jedenfalls - Gewohnheiten, Eigenheiten und Praktiken des Spenders mit dessen Organ auf den Empfänger überzugehen schienen? Fürs Erste aber beschloss er, diese Angelegenheit für sich zu behalten. Dafür aber bestellte er Robert Bethge umgehend zu einer außerplanmäßigen Routineuntersuchung in seine Klinik. Parallel beauftragte er seine Assistentin mit einer sehr sensiblen Recherche. Sie sollte in einem Gespräch mit der Frau des Herzspenders etwas über das Leben ihres verstorbenen Mannes in Erfahrung bringen. Und, wenn es die Situation erlaubte, tiefer in das Wesen des Mannes eintauchen, bis hin in den intimeren Bereich ihres Ehelebens. So hoffte Professor Samuel das Problem, wenn es denn überhaupt eines war, einer Lösung näherzubringen. Ganz unabhängig davon hatte er natürlich als Arzt und Forscher ein Interesse daran, diesen Dingen auf den Grund zu gehen.

Am nächsten Morgen spürte Samuel eine feine, vibrierende Nervosität in sich hochsteigen, als er seinen Arbeitsbereich betrat. In einer Stunde würde er Robert Bethge gegenüber stehen. Über die Fragen, die er ihm stellen wollte, hatte er bislang ergebnislos nachgedacht. Ihm war klar, dass Fingerspitzengefühl angebracht war, um überhaupt zu einem erhellenden Resultat zu gelangen. Und das wiederum lag ihm ganz und gar nicht, war er doch mehr der offenere, der etwas brutalere Typ, der nicht lange um den berühmten heißen Brei herumredete. Aber dachte er an Roberta Bethge, die immer wusste, was sie wollte und sich in der Regel wenig sagen ließ, die er schon mal respektlos - im engsten Kreis - als die *Gedrungene* oder die *resolute Roberta* bezeichnete, war er mit seinen Überlegungen schnell am Ende. Diesen Typ Frau mochte Samuel nicht. Überdies befand er sie für mitschuldig, ging es um das desolate Herz von Robert Bethge, der ja nur zwei Jahre älter als seine Frau Berta war. Ihren fanatischen Kinderwunsch, den Robert Bethge sich in jungen Jahren einst unter Hochdruck vergeblich zu erfüllen bemüht hatte, hielt Samuel für eine der Ursachen für die späteren Folgen. Kategorisch riet der Professor stets zur Adoption und verstieg sich auch noch zu der ungewöhnlich drastischen Frage: „Oder wollen Sie, dass sich Ihr Mann zu Tode bumst?"

Aber wie eine Furie war sie damals, alle Ratschläge ignorierend, auf Samuel losgegangen. Sie wollte nicht wahrhaben, dass ihr Mann nach einem dramatischen Herzanfall im Ehegemach dem Lebensende näher war als der Zeugung neuen Lebens.

„Roberts Potenz zieht mir hier keiner in Zweifel, auch Sie nicht, Professor", hatte sie damals unbeherrscht gepoltert.

„Na gut, dann machen Sie halt weiter, bis zu seinem letzten Seufzer, wollen Sie das wirklich?"

So in Erinnerung versunken hatte er das verhaltene Klopfen überhört, als plötzlich Robert Bethge vor seinem Schreibtisch stand.

„Ach, ja", sagte er nur, und schaute seinen Patienten eine ganze Weile prüfend an. „Ihnen geht es gut?" fragte er schließlich mehr aus Verlegenheit, um so noch etwas Zeit zu gewinnen, weil er immer noch nicht wusste, wie er an dieses heikle Thema herangehen sollte.

„Ja, Herr Professor, mir geht es ausgezeichnet."

Flüchtig sah er Bethge an und sagte etwas abwesend: „Ihre Frau war vor kurzem bei mir..."

„So? Davon weiß ich nichts", unterbrach ihn Bethge überrascht.

„Davon wissen Sie nichts?" fragte Samuel erstaunt zurück, um dann, nach einer kurzen, gedanklichen Pause, fortzufahren: „Macht auch nichts."

Mittlerweile aber kam sich Samuel ausgesprochen dämlich vor. Er gab sich einen Ruck und stellte die Frage aller Fragen:

„Na, wie läuft's denn so im Bett mit der neuen

Pumpe?"

„Doktor", sagte Bethge euphorisch überrascht, „es kracht förmlich in der Kiste..."

„Wie, kracht die Kiste, oder was?"

„Nein, nein *die* hält..."

Sie mussten lachen, hatten sie doch beide jetzt Berta Bethge vor Augen.

„Also ernsthaft", nahm Samuel das Gespräch wieder auf, „es läuft zwischen Ihnen und Ihrer Frau gut?"

„So richtig gut, Herr Professor."

„Hm", brummte dieser für den Moment nur und überlegte. Wieder betrachtete er seinen Patienten, um dann, wie beiläufig, aufs Wesentliche zu kommen.

„Das war aber vorher nicht so, oder?"

„Sie meinen meine Potenz, Doktor? Na ja, vorher, mit meiner alten Pumpe war das eigentlich ganz anders. Einmal konnte ich es kraftmäßig nicht so lange bringen, Sie haben es ja beinahe miterlebt, wie ich mich fast ins Jenseits gevögelt hätte, und andererseits hatte ich mit meiner Roberta so ein paar ganz merkwürdige Probleme..."

„Und was waren das für Probleme, Herr Bethge?"

„Na, ganz einfach: Ich hatte, um es mal direkt zu sagen, kaum mehr Bock auf meine Berta."

„Und das ist heute anders, meinen Sie?"

„Was heißt meinen, Professor? Ich weiß es. Ich

bin jetzt so richtig scharf auf mein Moppelchen. Ich mag plötzlich ihre lieblichen Rundungen, die mich sonst nicht interessiert hatten. Einmal, Doktor, weil wir gerade dabei sind, hat sie mich angemeckert, ich solle sie nicht so pervers rannehmen."

„Und?", fragte der Professor interessiert, „was haben Sie erwidert oder anders gemacht?"

„Erwidert habe ich nichts, nur anders gemacht habe ich etwas."

Samuel blickte seinen Patienten, dessen Offenherzigkeit für ihn ein interessanter Beweis seiner neu erworbenen Vitalität war, erwartungsvoll an.

„Ja, und was?"

„Ich habe ihn ihr spontan in den Mund gesteckt, da hörte ihre Meckerei auf!" sagte Robert Bethge und schlug sich lachend auf die Oberschenkel.

Auch Samuel vermochte sich ein amüsiertes Grinsen nicht zu verkneifen, hakte aber sofort nach:

„Ihre Frau kannte diese Sexpraxis wohl noch nicht?"

„Wo denken Sie hin, Doktor? Die hatte den noch nie probiert. Sie kennen ja meine Roberta auch von ihrer resoluten Seite, das ist bei ihr immer ein gefährliches Unterfangen. Als aggressive Katholikin ist die glatt imstande und macht ihn mir einen Kopf kürzer, bei Gott, Professor..."

„Also auch für Sie eine neue Erfahrung, dieser tabulose Sex?"

Robert Bethge sah Samuel nachdenklich an.

„Ja, darüber wundere ich mich ja selber. Früher hat man ja scherzhaft immer von der mündlichen Prüfung gesprochen. Hätte mir nie träumen lassen, dass meine Frau die noch einmal ablegen würde."

„Und was sagte Ihre Frau danach?"

Bethge schüttelte sich plötzlich vor Lachen. Dann sagte er mit Tränen in den Augen:

„Sie habe nicht gewusst, dass sie einen so kleinen Mund hat."

„Und dann, was geschah dann?" fragte Samuel interessiert.

„Na ja, Professor, letztlich war ich ja froh, ihn da wieder heil rausbekommen zu haben. Stellen Sie sich nur mal vor, meine Roberta hätte plötzlich vor Schreck mit vollem Mund zu beten begonnen. Die hätte doch glatt im Namen des Allmächtigen zugebissen."

Beide waren sie sehr amüsiert.

„Aber", sagte Samuel wieder ernst werdend, „Ihre Frau scheint ganz offensichtlich mit Ihrem neuen Verhalten und den etwas anderen Praktiken Probleme zu haben?"

„So?"

Mehr sagte Robert Bethge nicht.

„Ihre Frau meint, sie habe einen neuen Mann im Bett, wie sehen Sie das, Herr Bethge?"

„Ungerecht wäre das, ich hätte ja dann immer

noch die alte im Bett", sagte er und begann zu lachen.

„Aber mal im Ernst, wenn Sie sich einmal genau beobachten, was an Veränderungen fällt Ihnen dann auf?"

„Über das, was ich eingangs bereits erwähnte, fällt mir nichts Gravierendes mehr ein, nur", er machte eine Pause und sagte dann, „nur, dass ich mir halt um einiges versauter vorkomme. Vielleicht ist es ja das, was meine Frau meint. Aber, Doktor, um das gleich klarzustellen, darüber hat sie sich bei mir bisher noch nicht beschwert. Eher das Gegenteil wäre meine Wahrnehmung. Noch nie zuvor hat sie, wenn wir zusammen waren, gejubelt wie eine Lerche, die im siebten Himmel war."

„Verstehen Sie mich nicht falsch, Ihre Frau ist wohl mit allem, so wie es jetzt abläuft, zufrieden, nur sucht sie nach einer Erklärung für diese Veränderungen, verstehen Sie?"

Bethge nickte nur und dachte nach. Dann sagte er und lachte spontan.

„Ich wasche nicht mehr ab, sauge keinen Staub mehr, und trage auch den Müll nicht mehr runter, obwohl ich durchaus fit für derartige Tätigkeiten bin."

„Ja, Ihre Frau erwähnte auch, dass Sie ihr lieb gewordene Angewohnheiten mit dem alten Herzen abgelegt hätten."

„Na großartig, eine Art Befreiung, so haben wir beide was von meinem neuen Herzen, sie mehr Glück und Zufriedenheit im Bett und ich mehr Ruhe im Haushalt, gut so."

Man hätte alles amüsiert zur Kenntnis nehmen und auf sich beruhen lassen können, sofern sich diese neuen und bis dato außergewöhnlichen Aktivitäten auf Roberta und Robert Bethges Schlafzimmer beschränkt hätten. Doch dabei blieb es nicht. Eines Morgens, Roberta Bethge räumte mal wieder fluchend hinter ihrem Robert auf, stieß sie wie auf wundersame Weise auf Gegenstände, die garantiert nicht zu ihrem gemeinschaftlichen Hausrat gehörten. So vermochte sie sich weder zu erklären, wo all die in ihren Augen sinnlosen Dinge plötzlich herkamen, noch, was sie oder gar ihr Robert damit hätten anfangen sollen: Ein kleines, aber feines Teleskop, wie sie es aus alten Filmen kannte, eine nagelneue Nudelmaschine, die sie auch irgendwo schon einmal gesehen hatte, ein goldener Briefbeschwerer wie aus alten Zeiten, daneben drei Ringe für Frauen - zweimal das gleiche Modell, eine auf den ersten Blick recht kostspielige Designer-Uhr, die überall hin passte, aber bestimmt nicht in ihre vier Wände, zwei Schlüsselanhänger mit Diamanten besetzt - und das war längst noch nicht alles.

Roberta hatte sich vorgenommen, Robert in nächster Zeit einer intensiven Befragung zu unterziehen, vor allem auch deswegen, weil sie sich nach sofortiger Überprüfung ihres Kontostandes diese Neuanschaffungen nicht erklären konnte, denn es gab keinerlei auffällige Abbuchungen für diese *Fundsachen*. Woher also kamen all diese Gegenstände?

Roberta hatte sich einige Tage der Beobachtung genehmigt, als sie unerwartet wie unverhofft auf weitere alarmierende Utensilien stieß. Fassungslos fischte sie aus seiner Nachttischschublade Reizwäsche, wie sie von Teenies getragen wird, und zwar zwei Exemplare für oben herum und vier für die untere Zone. Nach einer ersten Schreckminute beförderte sie angewidert BHs und Slips in die Wäschetonne, um sie ihrem Robert zu gegebener Zeit unter die Nase halten zu können. Um nicht der Raserei anheimzufallen, entschied sie sich für frische Luft und machte sich im überschaubaren Garten zu schaffen, als ihr die wohlgelittene Nachbarin einen Schwatz aufdrängte. Ihr war wichtig, Roberta wissen zu lassen, dass Roberts Riesenschnauzer Manuel Wäsche ihrer Tochter von der Leine geklaut habe. Aber über ein fahriges „So, so?!" kam sie nicht hinaus. Da die Nachbarin nicht das wusste, was Robertas Wissenstand war, schaute sie der kopflos Davoneilenden nur entgeistert nach.

„Komm du mir nur heim", fauchte die in sich hinein. Denn die Tatsache, dass ihr Riesenschnauzer nach einem kleinen Eingriff noch für einige Tage in einer Hundeklinik verbleiben musste, offenbarte ihr schlagartig, wer in diesem Fall der Hund - und zwar der dumme oder aber auch der geile Hund - sein musste: nämlich ihr Robert.

Roberta setzte sich in die Küche, was sie immer zu tun pflegte, wenn sie nachdenken musste. Hier, zwischen Herd und Spüle, entspannte sie sich auf wundersame Weise. So auch jetzt. Als wäre es eine überirdische Eingebung, strich sie in ihren Gedanken den geilen Hund und beließ es lediglich noch beim dummen, womit sie beileibe nicht Riesenschnauzer Manuel beleidigen wollte. Aus der Eingebung erwuchs Roberta eine fürchterlich peinliche Gewissheit: Er klaute, und zwar alles, was ihm vor die Finger kam.

Ihr Robert ein Kleptomane? Sie schüttelte ihren Kopf. Dies zu glauben bereitete ihr doch erhebliche Schwierigkeiten. Allerdings verschaffte sie sich Klarheit darüber, dass Robert nichts mit der 19jährigen Tochter ihrer Nachbarn angefangen hatte, er hatte sie schlichtweg nur beklaut. Roberta hatte es mit einer weiteren, neuen Verhaltensqualität ihres runderneuerten Mannes zu tun. Und so entschloss sie sich, bei Professor Samuel wieder um Rat zu fragen.

Wie ein Tsunami rollte sie über den Flur auf den

Professor zu, der vor dem *OP 3* in ein intensives Gespräch vertieft war. Völlig außer sich kam sie über ihn und seine drei Gesprächspartner:

„Er klaut, Herr Professor, er klaut!"

Völlig außer Atem war sie vor den vier Herren zum Stehen gekommen und fixierte den Mediziner mit herrischem Blick.

„Und, Frau Bethge, hat es sich gelohnt?" unterbrach er kurz sein Gespräch.

„Herr Professor Samuel, wie meinen Sie das?"

„Ja, war die Ausbeute gut?" fragte er und bemühte sich, dabei ernst zu bleiben.

„Es scheint, Ihr Mann macht noch einmal richtig Karriere, Frau Bethge", sprach er und strahlte die kleine, resolute Frau mit einer treudoofen Unschuldsmiene an.

„Es liegt an dem neuen Herz. Der Spender war ein schlechter Mensch und mein Mann wird es jetzt auch, Professor!"

„Moment, Frau Bethge, einen Moment."

Er verabschiedete sich von seinen drei Kollegen und bat die immer noch laut vor sich hin brabbelnde Frau in sein Sprechzimmer. Roberta Bethge zog es vor, stehen zu bleiben. Aus dieser Position, so meinte sie, könne sie besser angreifen, und sie war auf Angriff aus. Ihr Feindbild war klar. Samuel hatte sich hinter seinem Schreibtisch niedergelassen und betrachtete mit leicht amüsiertem Lächeln seine Beschwerdeführerin.

„Also, Frau Bethge, was liegt nun wirklich an?"

Erstaunt blickte sie zu dem Professor, dann sagte sie kurz und knapp:

„Nichts. Außer, dass er klaut. Er klaut jetzt, Herr Professor!"

Samuel beugte sich langsam vor, sah Roberta Bethge prüfend an, lehnte sich wieder in seinem Sessel zurück und begann mit seinen Fingern auf seine Schreibtischplatte zu trommeln:

„Aber wie kommen Sie dazu, sein neues Herz für seine Klauattacken verantwortlich zu machen?"

„Herr Professor", sagte Roberta Bethge in predigendem Ton und verdrehte dabei leicht genervt die Augen, „wenn Sie mir mit diesem neuen Herz meinen Mann zu einem wilden Hengst gemacht haben, warum dann nicht auch zum Dieb, zum Kleptomanen?"

„Verehrte Frau Bethge, das sind Ihre Vermutungen. Ich sagte Ihnen ja bereits, es bedarf hier gründlicher Recherchen und Beobachtungen. Wissenschaftlich betrachtet gibt es bisher keinerlei Erkenntnisse, die Ihre Annahme stützen würden. Sie müssen hier schon die Kirche im Dorf lassen..."

„...und die Dessous auf der Wäscheleine", fuhr sie Samuel unwirsch dazwischen.

Der Mediziner stutzte.

„Welche Dessous, Frau Bethge?"

„Na, die von unserer 19jährigen Nachbarstochter."

Samuel pfiff anerkennend und hatte für Sekunden ein freches Grinsen im Gesicht.

„Und hat er mit ihr..?" Er machte eine entsprechende Handbewegung.

Roberta Bethge warf sich in Positur und stellte dann provokant die Frage: „Glauben Sie allen Ernstes mein Mann würde sich so etwas trauen?"

Jetzt machte sie eine entsprechende Handbewegung.

Samuel saß vor ihr und lachte laut.

„Aber Professor, es muss doch eine Erklärung für sein abnormes Verhalten geben. Ich glaube natürlich nicht, dass mein Robert etwas mit anderen Frauen anfangen würde, das hat er vorher nicht gemacht und das wird er jetzt, mit seinem neuen Herzen, auch nicht machen."

Doch Samuel sah sie nur mitleidig an und lachte weiter. Als sie merkte, dass sie hier heute nicht weiterkam, verließ sie grußlos mit einem „Ach, Sie können mich mal!" den Raum und rannte aus dem Hospital. Sie fühlte sich regelrecht verarscht.

„Eine Unverschämtheit!" murmelte sie noch kurz vor dem Hauptausgang. Als ob sie alles nur träumen würde oder selber nicht mehr ganz zurechnungsfähig sei. Sie rang nach Luft. Das überhebliche Lachen des Professors hallte noch Minuten lang in ihren Ohren nach.

Zurück nach Hause konnte sie jetzt nicht. Sie würde durchdrehen in den eigenen vier Wänden und wäre dann tatsächlich ein Fall fürs Irrenhaus. Unkontrolliert lief sie durch die Innenstadt, ziellos und ohne wahrzunehmen, was oder wer sich gerade um sie herum befand. Und so stand sie schließlich, ohne zu registrieren, wie genau sie dort hingekommen war, vor ihrem Lieblingscafé direkt neben der Ringkirche, in dem sie und ihr Robert früher regelmäßig die Sonntagnachmittage verbracht hatten. Lange war es her. Hier konnte sie innehalten und wieder etwas zur Ruhe kommen. Hier war alles so vertraut, so ruhig und unaufgeregt. Die Sonnenstrahlen, die durch die beiden hohen, gegenüber liegenden Eichen auf den Marktplatz schienen, hüllten das Café in eine angenehme, wohltuende Wärme, die ihr guttun würde.

„Einen schwarzen Kaffee, bitte. Ohne Zucker. Oder - bringen Sie gleich ein Kännchen."

Nervös kramte sie in ihrer Handtasche. Sie hatte fast immer etwas zu rauchen dabei. Immer ohne Filter. Seit Jahrzehnten. Rauchverbot hin oder her, das interessierte Roberta wenig, privat, aber noch weniger in öffentlichen Kneipen oder Restaurants. Und dabei riskierte sie gelegentlich auch schon einmal einen Rauswurf. Das nahm sie gerne in Kauf für ihr Laster. Hier auf dem Marktplatz konnte sie ganz entspannt ihre Filterlosen genießen, ohne dass sie irgendjemand davon abzuhalten versuchte.

So saß sie also nun da, so wie sie früher immer gemeinsam hier gesessen hatten, dachte über die vergangenen Monate und Jahre nach und ließ ihr Leben wie in einem Film noch einmal an sich vorüberziehen. Immer stärker wurden die Sonnenstrahlen zu dieser Mittagstunde. Und Roberta vergaß völlig die Zeit. Zwei Stunden vergingen so, ohne dass sie auch nur ein Wort mit irgendjemandem gewechselt hätte. Wie in Trance verweilte sie hier, abgetaucht in nicht mehr nachvollziehbare Bilder und surreale Gedanken. Es war fast wie in einem Traum.

Plötzlich kam sie wieder zu sich. Unwillkürlich richtete sie ihren Blick auf einen unscheinbaren Laden, direkt unter den beiden Eichen. Früher war hier ein Schuhmacher gewesen. Doch den gab es schon lange nicht mehr. Jetzt war da etwas, nun ja, etwas, mit dem Berta überhaupt nicht vertraut war. In einem der Schaufenster, wo früher Schuhe und edle Lederartikel ausgestellt waren, wurden nun diese ganz anderen, vorwiegend schwarzen Ledererzeugnisse und Gummianzüge feilgeboten. Hinzu kamen Peitschen, Masken und Handschellen, kombiniert mit einigen nicht ganz jugendfreien Fotografien. Doch die konnte sie aus dieser Entfernung nur erahnen. Was genau man mit all diesen Dingen anstellte, entzog sich ihrer Vorstellung. Nur so viel ahnte die gottesfürchtige Roberta: Es musste sich um ausgemachten, modernen Schweinkram handeln. Vor allem nachmittags schien hier ein reger Betrieb zu herrschen, den sie aus sicherer Distanz, jedoch mit uneingeschränkt freier Sicht, nun beobachten konnte. Mit angewidertem Interesse hielt sie also - bei aller Abscheu - eine ganze Zeit lang ein wachsames Auge auf diesen Sündenpfuhl, bis, ja bis sie plötzlich ihren Augen nicht traute, denn aus der Tür schritt plötzlich forsch: ihr Robert. Sie sah ihn nah und deutlich vor sich, obgleich er doch relativ weit weg gewesen war. Um seinen Hals trug er eine schwere, silberne Kette, die sie noch nie zuvor an ihm gesehen hatte. Am liebsten wäre sie aufgesprungen und ihm nachgerannt. Doch sie war selber wie gefesselt, konnte weder aufstehen noch schreien. Und so starrte sie eine halbe Ewigkeit wortlos auf die Tür dieses Etablissements, bis alles vor ihren Augen zu verschwimmen begann, und bis sich ihr Blick in einer Art Ohnmacht wieder unwillkürlich in das warme Licht der Sonne richtete.

Plötzlich vernahm sie Roberts Stimme.

„Berta? Ro-ber-ta? Hörst du mich? Wie geht es dir?"

Erst jetzt öffnete sie langsam die Augen, hob ihren Kopf und sah erneut in ein Licht. Doch mit einem Café oder mit wohltuenden Sonnenstrahlen hatte dieser grelle Schein nichts gemein. Erst nach einiger Zeit registrierte sie, dass sie ans Krankenbett einer Klinik gefesselt war. Es waren die kalten Neonlampen an der Decke, kombiniert mit den Geräuschen der Klinikapparate, die zum Einsatz kommen, wenn es bei jemandem ziemlich ernst geworden war.

Plötzlich war alles wieder ganz normal, völlig unspektakulär oder gar utopisch, alles war real. Allmählich kam Roberta Bethge wieder zu sich.

„Das war knapp, Frau Bethge", hörte sie jetzt Prof. Samuels erleichterte Stimme, den sie jetzt links neben ihrem Robert wahrnahm.

„Was ist los. Wo bin ich? Was ist geschehen?"

„Sie waren klinisch tot, Frau Bethge", antwortete der Professor leise und in ruhigem, aber bestimmten Tonfall auf ihre Fragen.

„Sie hatten einen schweren Herzinfarkt. Mitten in der Stadt. Von einer Minute auf die andere, ohne Vorwarnung, an der Seite Ihres Mannes. Nur *seiner* schnellen und richtigen Reaktion und der Hilfe des Rettungsassistenten ist es zu verdanken, dass wir Sie in letzter Minute noch operieren konnten. Das waren wohl ein paar Filterlose zu viel in all den Jahren, Frau Bethge! Ich habe es Ihnen ja immer wieder versucht einzutrichtern: Ihre Gefäße und Ihr Herz zeigen Ihnen irgendwann die Rote Karte. *Das* war jetzt die Gelbe."

Samuel sprach Klartext, so wie sie ihn von früher

her kannte, auch in dieser Situation. Und er hatte ja so Recht.

„Als der Rettungsdienst ankam, waren Sie längst weggetreten. Vorübergehender Herzstillstand, und das mehrfach. Die vergangenen Tage haben Sie im Wachkoma verbracht. Nun aber sind wir heilfroh, dass Sie wieder zu uns zurückgekehrt sind. Hab ich Recht, Herr Bethge?"

Jetzt drehte sie ihren Kopf wieder leicht lächelnd nach rechts.

„Ihr Mann hat die Tage und Nächte hier an Ihrer Seite verbracht. Ununterbrochen. Aber jetzt sollten Sie auch mal wieder an sich denken, Herr Bethge."

Robert Bethge nickte nur kommentarlos. Bescheiden und zurückhaltend. So wie er es eben immer tat. Von Robertas wilden Träumereien während ihrer Komaphase ahnte er überhaupt nichts.

Er war ganz der Alte.

8
DER PERVERSE PROFESSOR

Bei Studentinnen wie Studenten hatte Prof. Alexander Matthis einen durchweg guten Ruf. Vor allem beim weiblichen Geschlecht. Dieser gute Ruf jedoch gründete nicht auf der Qualität seiner Vorlesungen in Politik und Jura, vielmehr waren es durchweg seine offensichtlichen Schwachstellen, die ihn bei weiten Teilen seiner Studenten so beliebt machten. Im Besonderen verfügte der Lehrstuhlinhaber über ein üppiges Arsenal an Schwächen; so mancher Kollege benutzte hinter vorgehaltener Hand gar die Vokabel *Laster*, und die wurden mit zunehmendem Alter nicht weniger. Dabei war er gerade erst einmal Ende vierzig.

Nicht alle Laster vermochte er so geschickt zu kaschieren wie beispielsweise lange Zeit seine Vorliebe für Hochprozentiges, meistens schon vor 9 Uhr morgens. So kam es, dass er vieles in seinem Leben nicht mehr so richtig in den Griff bekam, um akademisch einwandfrei seinen Professor zu stehen. Und so verwunderte es nicht, dass Matthis nur allzu oft auf peinliche und erniedrigende Art und Weise Angriffsflächen bot.

Dieses Wissen nutzten - mangels eigener Begabung und Leistung - all jene Akademiker in spe erpresserisch aus, die mit diesem Informationsstatus gesegnet waren. Immer, wenn es leistungsmäßig eng wurde und Prüfungen vor der Tür standen, erinnerten sich die studierenden Underdogs regelmäßig an Professor Matthis. Denn bereits nach dem zweiten, gescheiterten Versuch rückte das endgültige Aus bekanntlich in greifbare Nähe. Dann klingelte es in der Regel bei Matthis - entweder auf dem Smartphone des Profs oder gleich an seiner Haustür.

So war es auch im Fall von Maren Westhoven. Fast wäre es das für sie mit dem Studium gewesen. Alles aus - nach siebzehn mühsamen und qualvollen, und für den Herrn Papa äußerst kostspieligen Semestern, sollte sie bei dieser letzten, entscheidenden Prüfung beim nun dritten Versuch im Hauptstudium wieder so grandios scheitern wie bei den vergangenen beiden Malen. Das Risiko, sich ausschließlich auf ihr eigenes Wissen zu verlassen, so wie im vorigen Sommersemester, wo sie mit viel Glück auf gerade mal 28 % aller Lösungen kam, konnte sie nicht noch einmal eingehen. Ihr Vater würde sie enterben und mehr noch. Acht Jahre finanzielle Unterstützung, von Studiengebühren, Miete bis hin zum nagelneuen VW-Golf, um der Tochter den Weg zur Uni so unkompliziert wie nur möglich zu machen, für nichts und wieder nichts. Kein Abschluss, keine Zukunft und vom Vater rausgeschmissen. Genug Argu-

mente, um alle moralischen Bedenken vorüberge-
hend auszublenden.

Marisa, ihre beste Freundin, verfügte über ein-
schlägige wie geldwerte Erfahrungen mit Matthis
und bot ihre Erfolg garantierende Hilfe an. Schließlich hatte auch sie Prüfungsurkunde und Doktortitel
einer dem Professor genehmen Offenherzigkeit zu
verdanken. Alle ihre eklatanten Wissenslücken
schloss sie, indem sie dezent ihre Bluse öffnete und
Matthis in eine erotische Welt entführte, an der er
sonst nur noch als Zaungast beteiligt war. Marisa
nutzte diese pikante Anfälligkeit des Herrn Professor
ausgiebig aus und gewährte ihm das eine oder andere Mal sogar Zugriff zu ihren betörenden wie strammen Rundungen. So beflügelte sie ihre Abschlussar-
beit in für sie eigentlich utopische Benotungshöhen.

„Der Trick mit der Offenherzigkeit funktioniert bei
ihm garantiert. Du musst es nur langsam und geschickt anstellen. Flirte ihn aus seiner notorischen
Verklemmung heraus und entlocke ihm so diskret
nach und nach die Prüfungsunterlagen. Und was
ganz wichtig ist, zieh dich sexy an, lass Beine, lass
Körper sehen. Das alleine ist schon die Hälfte der
bestandenen Prüfung. Und dann lässt du ihn so nach
und nach spüren, dass es noch einen ganz speziellen
Nachschlag geben kann und nestelst verheißungs-
voll an deiner Bluse herum. Aus eigener Erfahrung
weiß ich, wie spitz er auf unsere strammen Brüste

ist. Lass ihn dann getrost gewähren, und, ich muss dir ehrlicherweise gestehen, er macht es noch nicht einmal schlecht."

Maren schaute ihre Freundin skeptisch an.

„Wirklich? Meinst du allen Ernstes, ich sollte ihn so nah an mich heranlassen?"

„Aber klar. Warum nicht? Du musst dir nur darüber im Klaren sein, was du letztendlich wirklich willst. Vom Anfassen bekommst du noch kein Kind!"

„Und wenn er weiter runter will?"

„Aber nein, er begnügt sich mit oben. Ich halte ihn zwar für keinen unbegabten Erotiker, zu mehr aber, glaube ich, befähigt ihn sein nicht unbeträchtlicher Alkoholkonsum nicht. Also, sei unbesorgt und denke an deinen Vater und an dich. Kannst dich ja hinterher duschen", sagte sie und lachte laut.

„Es ist schon komisch, wenn du bedenkst, dass im Prinzip eigentlich meine beiden Möpse den Doktor gemacht haben und nicht ich. So ist nun mal das Leben; so ist's überall, glaub mir."

Mit dieser Methode war Marisa nicht nur zu einem ganz passablen Prüfungsergebnis gekommen, sondern auch zu ihrem Doktortitel, *unterstützt* durch Prof. Matthis.

Maren allerdings hatte noch nicht einmal ihren Studienabschluss in der Tasche; an einen Doktortitel war im Moment überhaupt nicht zu denken. Sie hatte noch nichts und war kurz davor, diesen Status nachhaltig beizubehalten, wenn nicht ein Wunder geschah. Es musste etwas passieren, und zwar schnell.

Gespannt betrat Maren am nächsten Tag den Hörsaal. Professor Matthis begann gerade seinen Vortrag über Urheberrecht am Beispiel der Erben berühmter Komponisten. Fast pünktlich zur Vorlesung erschien Maren, weil sie heute einen Platz in der ersten Reihe anstrebte, was in letzter Minute klappte. Maren amüsierte sich über sich selbst. Vom Lehrstoff bekam sie natürlich so gut wie nichts mit. Immer wieder fixierten ihre Augen seine Hände, die sie wahrscheinlich einmal auf ganz andere Weise würde zu spüren bekommen. Ja, er hatte schöne Hände, wenigstens das, stellte sie einigermaßen beruhigt fest. Na ja, und wenn es dann auch noch stimmen würde, dass er mit seinen Händen umzugehen verstand, wollte sie quasi durch dieser Hände Arbeit ihrer erfolgreichen Prüfung näherkommen. Ja, so war es nun für sie beschlossene Sache.

Anstatt ihn anzurufen, suchte sie nach der Vorlesung kurz das direkte Gespräch mit ihm. Marens Bitte um Hilfe quittierte Matthis mit einem verhalten süffisanten Lächeln, gab aber dem ganzen sogleich einen offiziellen Anstrich, in dem er in seinem Notizbuch nach einem geeigneten, freien Termin suchte. Dann notierte er ihren Namen, nannte ihr Ort und

Zeitpunkt, und bemerkte zum Schluss noch etwas leiser, dass er pro Stunde 25 Euro bekomme. Sie war zwar über die finanzielle Forderung überrascht, akzeptierte sie aber sofort. Geld war das geringste Problem.

In ihrer behaglichen Studentenbude von knapp 85 Quadratmetern öffnete sie - statt eines ihrer zahlreichen Lehrbücher - als erstes ihren drei Meter langen Kleiderschrank und begann wohlüberlegt ihre Animationsklamotten auszuwählen. Präzise folgte sie dem Rat ihrer Freundin Marisa und legte nur Scharfmachendes zurecht. Als Maren schließlich am nächsten Tag, es war genau 15:55 Uhr, vor dem ansehnlichen Einfamilienhaus von Prof. Matthis stand, war nicht erkennbar, dass es sich bei ihr um eine Nachhilfe bedürftige Studentin handeln könnte. Man hätte sie eher für die Kandidatin bei einer Castingshow halten können. Sie war im wahrsten Sinne des Wortes eine inspirierende Augenweide. Ihre wunderschönen, gerade gewachsenen Beine gaben ihre Hotpants über das normale Maß des Erlaubten zur Begutachtung frei und ließen der Phantasie nach oben freien Lauf. Das nur von drei Perlmuttknöpfen geschlossene Blüschen, von Bluse konnte keine Rede sein, hätte eine 14jährige gerade hinreichend bekleidet. Und der aufreizend zur Betrachtung freigegebene größte Teil ihres erotischen

Bauches stellte eine üble Männerfalle dar. Die Verantwortung für die Sicherheit ihrer provozierend schönen, strammen Rundungen trug einzig und allein der obere, an seinen Nähfäden bereits ächzende Knopf. Ein dramatisches, tiefes Durchatmen war sicherheitsgefährdend, zumal sie bei dieser beeindruckenden Stabilität ihrer einladenden Rundungen ohne BH unterwegs war. Und das alles war wohl überlegt und durch und durch kalkulierte Absicht. Da Maren schon nicht zeigen konnte, was sie wusste, wollte sie wenigstens zeigen, was sie hatte. Und das war nicht gerade wenig.

Nachdem sie geklingelt hatte, dauerte es eine geraume Zeit, bis geöffnet wurde.

„Kommen Sie herein!" sagte eine stattliche Mittfünfzigerin, die Maren dem Professor nicht zuzuordnen wusste.

„Der Herr Professor erwartet Sie bereits in seinem Arbeitszimmer", sagte sie mit flötender Stimme. „Tee oder Kaffee, was darf es sein?"

„Wenn ich bitte Tee mit Milch und Zucker haben dürfte?"

„Fein, kommt sofort", sagte die Person, die ganz offensichtlich seine Haushälterin war, und führte Maren in Matthis' Arbeitszimmer, das sie überraschte. Für den Moment verharrte sie staunend. Der Professor hatte sich aus seinem schweren englischen Ledersessel erhoben und war zu ihr getreten.

„Kommen Sie", er war sehr verbindlich und legte seine Hand leicht auf ihre Schulter.

Aha, dachte Maren, der kommt gleich zur Sache.

„Sie können es sich auf dieser Kamincouch bequem machen", er selbst setzte sich ihr gegenüber wieder in seinen Sessel.

„Was wollen, was müssen Sie noch aufarbeiten, Maren?"

„Naja", sagte sie etwas gedehnt, „eigentlich hapert es so kurz vor der Prüfung noch erheblich."

„Also überall", stellte Matthis nüchtern fest und taxierte sie von Kopf bis Fuß.

„Und warum haben Sie nicht einfach kontinuierlich gelernt? Oder fällt Ihnen das Lernen schwer? Warum überhaupt wollen Sie Juristin werden? Warum quälen Sie sich so, wenn die Natur Sie so über alle Maßen großzügig ausgestattet hat? Ein schöner Kopf ist mitunter mehr wert als ein gescheiter Kopf, vor allem dann, wenn der Rest - wie bei Ihnen - auch edel ist. Als Model wären Ihre Erfolgschancen sicher bedeutend größer, möchte ich meinen. Haben Sie schon einmal darüber nachgedacht?"

Maren war irritiert. Was sollte das Gerede? Aber sie war auch erstaunt über das, was der Professor daherredete. Dass sie eine Modelkarriere als letzte Option - allerdings gegen den Willen ihres Vaters - bereits im Auge hatte, musste und wollte sie mit Matthis jetzt nun wirklich nicht ausdiskutieren. Deshalb entgegnete sie etwas verlegen:

„Ich muss meinem Vater mein Staatsexamen zu Füßen legen, um mein Erbe zu sichern, danach kann ich machen, was ich will."

Der Professor lehnte sich erkennend und, wie Maren auffiel, auch erleichtert in seinen Sessel zurück.

„Sie wollen und müssen also nicht als Juristin Ihr Geld verdienen, verstehe ich Sie da richtig?"

„Genau", sagte sie knapp, „die Fabrik würde mein Bruder übernehmen und meinen Anteil für mich treuhänderisch verwalten."

Matthis legte Maren, ohne näher auf diese privaten Angelegenheiten einzugehen, einen groben Plan vor, nach dem sie bis zur Prüfung intensiv zu arbeiten hätte. Er vereinbarte mit ihr zwei mal zwei Stunden pro Woche in seinem Privathaus und verabschiedete sie bis nächsten Mittwoch, wieder zur gleichen Zeit. In der großzügigen Wohnhalle zückte Maren ihre Brieftasche, um die vereinbarten 25 Euro zu löhnen, als Matthis ihr seine Hand auf die Schulter legte und freundlich ablehnte:

„Das lassen wir heute mal, also dann bis übermorgen."

Draußen vor der Tür, sie war gerade bei ihrem Golf angekommen, schüttelte Maren etwas ungläubig ihren hübschen Kopf. Merkwürdig dachte sie, fast schon sympathisch, der Typ. Und mit einem Mal war er ihr gar nicht mehr so fern.

Maren hatte gerade die Flasche Prosecco in den Kühlschrank zurückgestellt, als es sturmklingelte. Marisa, wer sonst, dachte sie und goss gleich noch ein zweites Glas ein. Dann erst ging sie zur Tür.

„Na, und, wie war's?" kam überfallartig ihre Frage.

„Komm rein, und trink ein Glas mit mir!"

„Oh, es gibt Grund zum Feiern? Erzähl!" drängte Marisa und nippte am Prosecco. „Wie war es, wie war vor allem er? Zufrieden, oder?"

Marisa pausierte, trank, und schaute die Freundin erwartungsvoll an.

„Also?"

„Nichts also! So hätte ich mir nur ein einziges Mal, ein klitzekleines einziges Mal meinen Vater gewünscht, nur einmal, dann sähe mein Leben sicher anders aus."

Plötzlich hatte sie Tränen in den Augen.

„Stattdessen vergeude ich Jahre meines Lebens, die besten womöglich auch noch, um den eitlen Wunsch meines Vaters zu erfüllen, seine Tochter habe das juristische Staatsexamen. Nichts weiter als ein Fetzen Papier, der für mich nie die Grundlage für meine berufliche Existenz sein wird. Und ich lasse mich auch noch gängeln. Scheiße, es ist alles Scheiße."

Wutentbrannt stellte sie das Sektglas so hart auf den Tisch, dass es zu Bruch ging.

„Und nun, wie geht es weiter?"

„Ich weiß es nicht", kam es ratlos und kleinlaut aus ihr heraus, „nur eines weiß ich, und das sieht sogar Matthis so: ich *muss* Model werden. Da liegt mein Potential!"

„Du willst doch jetzt nicht hinwerfen. So kurz vorm Ziel?"

„Nichts da. Ich werde mein Staatsexamen machen, und lasse mir bis dahin von dem lüsternen Prof unter meiner Bluse rumspielen, alles in der Hoffnung, dass deine Methode funktionieren wird. Aber ohne Pauken wird es auch nicht ganz gehen, schau dir seinen Lehrplan an. Und jetzt trink aus, ich muss lernen."

„Das ist ja eine ganz neue Seite an Matthis, so kenn ich den gar nicht", stellte Marisa staunend fest und verabschiedete sich mit Küsschen links und Küsschen rechts.

Besser vorbereitet als je zu einer ihrer Vorlesungen fand Maren sich, wieder auf Sparflamme gekleidet, bei Matthis ein. Allein mit lernen war es nicht getan, das wurde ihr schnell klar. Sie brauchte die Prüfungsfragen um jeden Preis. Umso erleichterter registrierte sie seinen wohlgefälligen Blick, mit dem er ihre so offenherzig präsentierte Weiblichkeit zur Kenntnis zu nehmen schien. Und als sei dies Anregung genug für ihn, bat er sie, sich zu ihm auf die Couch zu setzen. Mit dem Lehrstoff auf dem Schoß sprachen sie den ersten Teil des von ihr mehr schlecht als recht erarbeiteten Fragenkomplexes durch. Matthis genoss dabei seinen strategisch günstigen Blick, denn Maren war nach oben hin wieder sehr offen.

„Es könnte schwierig werden, Maren, Sie bis zur Prüfung so fit zu bekommen, wie es für Ihr problemloses Durchkommen erforderlich wäre", sagte der Professor ohne Umschweife, nachdem sie das Übungspensum abgearbeitet hatten. Matthis hatte dabei seine linke Hand so auf das Sofakissen gestützt, dass ein direkter Kontakt zu ihrem nackten Oberschenkel unvermeidbar war.

„Und jetzt?" fragte Maren, „was machen wir?"

„Ja, gute Frage", sagte Matthis und griff an Maren vorbei um sich der Unterlagen zu bemächtigen, was zwangsläufig dazu führte, dass er zweimal ihre offensiv verpackte Oberweite kontaktierte, um dann anerkennend, nicht etwa entschuldigend, die Feststellung zu treffen: „Fühlt sich aber gut an."

Maren, die wusste, was sie wollte, konterte cool:

„Bei mir, Professor, fühlt sich alles gut an, das sollten Sie allein schon optisch wahrgenommen haben."

„Habe ich, ja, das habe ich. Und zwar bereits schon seit einigen Semestern, wenn ich Ihnen das verraten darf, Maren."

„Was wollen Sie von mir, damit ich bekomme,

was ich will, Professor?" fragte sie forsch und konfrontierte ihn mit ihrer beherrschbaren erotischen Oberweite.

„Soll das etwa ein Angebot sein, Maren?" fragte er in die vor ihm schwebende Versuchung hinein.

„Mehr als ein Geben und Nehmen muss es ja nicht sein, Professor, oder?"

Na, du wirst schon sehen, was ich mir nehme, dachte er und erwiderte nur süffisant lächelnd:

„Dann auf ein gedeihliches Geben und Nehmen."

Und dann nahm er sich das, was so verführerisch nah vor seinen Händen war. Zeit, ihre eindeutige Einladung noch einmal zu überdenken, hatte Maren keine mehr. Im Nu war sie oben völlig freigelegt und seinen Händen ausgeliefert. Und Maren hätte lügen müssen, hätte sie sich von seiner Hände Arbeit belästigt gefühlt. In der Tat, er machte seine Sache gut.

„Darauf werden wir beim nächsten Mal anstoßen", sagte er und verabschiedete Maren mit einem eindeutigen Blick, der ihr mehr verhieß. Sie wollte sich auf die sichere Seite retten, nur das zählte für sie. Was bedeutete da schon eine in ihren Augen belanglose Fummelei, die sie ohnehin zu steuern sich in der Lage fühlte.

Wohl um vorerst eventuellen Weiterungen von vorne herein einen Riegel vorzuschieben, zumal der Professor Alkohol angekündigt hatte, erschien Maren zur dritten Nachhilfe sicherheitshalber in modischen, beigefarbenen Jeans. Doch die bis dahin noch eisernen, restriktiven Vorsätze sollten sich bald in Luft auflösen. Das eigentliche, potentielle Operationsfeld wurde wieder strategisch günstig und offensiv ausgestellt.

Aha, wir haben uns Mut angetrunken, fuhr es Maren amüsiert durch den Kopf, nachdem Matthis sie etwas zu beschwingt in sein Arbeitszimmer geleitete.

Er hatte geflaggt. Die XXL-Fahne, die ihn weiträumig umwehte, musste aus edelster Brandy-Produktion stammen. Matthis steuerte seinen Platz an, drehte sich dabei allerdings für seinen Zustand wohl etwas zu schnell um die eigene, extrem bedenklich wacklig gewordene Achse, und touchierte gründlich die Wand. Maren erschrak kurz, beschloss dann allerdings rasch, die ausgelassene Situation in ihrem Sinne zu nutzen und verlangte ebenfalls etwas Hochprozentiges. Vielleicht wird es so erträglicher, dachte sie. Ohne zu zögern erfüllte Matthis ihr diesen Wunsch.

„Ein sehr edles Gesöff", trompetete er leutselig „und es ist auch nur für sehr edle Menschen gedacht", beendete er leicht auf sie zu schwankend seinen Satz.

Dabei geriet er wirkungsvoll ins Stolpern, fing sich aber sofort wieder, indem er sich mit seiner linken Hand rettend an ihrer linken Brust abstützte. Und dort beließ er seine Hand auch, bis Maren diese mit einem heftigen Ruck entfernte und kategorisch feststellte:

„Das wäre der Hauptgang, Professor! Noch sind wir aber beim Horsd'œuvre!"

Matthis stutzte, warf seine benebelten grauen Zellen an, und fragte dann nach geraumer Zeit:

„Hm, und wie sieht das Gesamtmenü aus, Maren?"

Wieder unternahm seine linke Hand den Versuch, auf einer ihrer verlockenden Rundungen zu landen.

„Ich will die Prüfung bestehen! Egal wie!"

Ihre Geste ließ bei Matthis keine Frage mehr offen. Sein Blick bekam in diesem Moment bereits etwas Euphorisches.

„Das *egal wie* gefällt mir! Sie werden bestehen", schnaufte er und schien mehr als zufrieden, „wenn Sie mir den attraktivsten Teil Ihres Körpers noch für einige Male überlassen wollen..."

Matthis setzte sich jetzt verschmitzt in Szene, zog aus seiner Tasche ein kleines braunes Kuvert und sagte:

„Wenn Sie sich diesen Inhalt gut zu Herzen nehmen, wie ich mir Ihr verführerisches Äußeres, dann müssen Sie die Prüfung nicht fürchten."

Maren griff sich den Umschlag, und Matthis erneut ihre viel zu enge Bluse.

„Ihre", frönte er lüstern und vergriff sich weiter an ihrer äußerst attraktiven Oberweite, „sind einfach fantastisch."

Ganze zwanzig Minuten ließ Maren all dies über sich ergehen. Danach wurde die Kleiderordnung wieder hergestellt.

Zuhause angekommen öffnete Maren den Umschlag, stutzte kurz und griff dann verärgert zu ihrem Handy:

„Das sind ja nur maximal 40 %. Das reicht nicht einmal, um zu bestehen!"

„So ist es, meine Liebe", frohlockte er, „erarbeiten Sie sich den Rest, und zwar mit Hingabe. Die Betonung liegt auf Hingabe, Maren. Ich erwarte Sie weiter bis zur Prüfung zweimal wöchentlich zum *Unterricht*."

Für Matthis war es längst beschlossene Sache, von dieser jungen, sehr erotischen Studentin, mehr einzufordern als nur Oberflächliches. Längst hatte er sich fest vorgenommen, die für Maren im Hinblick auf das kurze Zeitfenster alternativlose Situation bis zum Prüfungstag voll auszukosten - um jeden Preis. Maren hatte keine andere Wahl mehr. Mit ihrer Freundin Marisa war sie sich jedoch im Klaren, diesen immer häufiger alkoholisierten, notgeilen Bock nach dieser Aktion in irgendeiner Form auffliegen zu lassen. Doch bis dahin sollten noch einige Wochen vergehen.

Und so erwuchsen aus der anfänglichen Fummelei ausgiebige, mal mehr, mal weniger schwächelnde, schnelle Nummern im Anschluss an die immer kürzer werdenden juristischen Ausarbeitungen, was Maren zwar nur widerwillig regelmäßig über sich ergehen ließ, ihr aber ob seines steten Versagens doch ein gewisses Vergnügen bereitete. Doch was sie anfangs noch belächelte, widerte sie von Woche zu Woche mehr an, zumal der Alkoholkonsum des Professors vor und während der schnellen und teilweise gescheiterten Nummern immer intensiver zu werden schien. Marens Ekelgefühle ebenfalls.

„Was sind wir wieder schön geil heute, nicht wahr?" grunzte Matthis unverständlich vor sich hin.

Augen zu und durch, dachte Maren, das vorletzte Mal heute. Noch fünf Tage bis zur Abschlussprüfung. Übermorgen, so hatte Matthis ihr ernsthaft versprochen, wollte er die fehlenden 60 % herausrücken. Dann hatte Maren noch zwei Tage Zeit, um sich die Lösungen einzuprägen. Gelernt hatte sie darüber hinaus seit Wochen nichts mehr. Also keine Chance, ohne Matthis jetzt noch zu bestehen.

Überpünktlich, so als könnte sie es nicht erwarten, stand Maren wieder vor Matthis' Tür. Noch im Morgenmantel bat er sie, einzutreten:

„Legen Sie ab", sagte er verschmitzt lächelnd.

Und das tat sie mit der Gewissheit, dass es heute wirklich ihr letztes Mal sein würde. Sie stand sprichwörtlich mit dem Rücken zur Wand, ihren Kopf leicht nach rechts abgewandt, um so seiner Fahne wirkungsvoll auszuweichen. Als dieses letzte Mal endlich vorbei war, und sich beide wieder angezogen hatten, genehmigte sich Matthis zunächst umgehend den obligatorischen Schluck danach, bevor Maren das eigentlich Wichtige thematisierte. Erwartungsvoll richtete er seine Augen auf Maren, als sie an die Couch getreten war, sich zu ihm runter beugte und mit eindringlicher Stimme von ihm die Herausgabe der restlichen Prüfungsaufgaben verlangte.

„Sind in meinem Uni-Büro. Sicher verwahrt", lallte der Prof mehr oder weniger deutlich.

„Wie bitte?" schrie Maren ihn entsetzt an.

„Teile der Prüfungsfragen waren fehlerhaft. Es gibt eine neue, überarbeitete Fassung. Ich werde gleich heute Nacht unauffällig ein aktuelles Exemplar besorgen. Dieses können Sie dann morgen Mittag, Punkt 11 Uhr, hier bei mir zuhause abholen."

Ohne ein Wort zu erwidern, schnappte sich Maren ihre Jacke und verließ das Haus.

„Ich glaube nicht, dass er dich an der Nase herumgeführt hat, Maren", versuchte Marisa ihre Freundin telefonisch zu später Stunde noch zu beruhigen, „und wenn doch, dann gnade ihm Gott."

Längst bereute Maren ihr Vorhaben, mit allen Mitteln an ihr Ziel kommen zu wollen und dass sie sich von Marisa hatte überreden lassen. Jetzt aber war es zu spät. Und so schickte sie noch die halbe Nacht ein Stoßgebet nach dem anderen nach oben, es möge doch irgendwie noch alles gut werden.

Doch am nächsten Morgen musste Maren eine schmerzliche Erfahrung machen. Als sie um 11 Uhr wie verabredet an der Haustür des Professors klingelte, wurde ihr nicht geöffnet.

„Dieser verdammte Laumann", kochte Maren vor Wut, als plötzlich ein Polizeiauto vor dem Zaun anhielt. Matthis' Haushälterin verließ mit finsterer Miene den Wagen und kam mit starrem Blick auf sie zu. Maren war schnell klar, dass etwas Schreckliches passiert sein musste. Eine Frage war nicht mehr nötig.

„Sie wollten wissen, was gestern geschehen ist, wo er noch hin wollte...so spät...von wo er kam...", murmelte die Hausdame noch völlig abwesend und verwirrt, „er hatte 1,6 Promille im Blut, als er heute Nacht um halb zwei den entgegen kommenden Lastwagen beim Überholen wohl zu spät bemerkte..."

9
DER HONORIGE HANDWERKER

Henning Bachmann stammte aus der wohl beschissensten Familie, die sich je in dieser beschaulichen, rheinischen Kleinstadt niedergelassen hatte. Wie ein roter Faden zogen sich Habgier, Betrug und Erbschleicherei durch die Generationen. Man gönnte sich untereinander nichts, der eine zog den anderen über den Tisch. Und das bis in unsere Tage. Mit Henning, dem gelernten Goldschmied allerdings, hatte diese Familie die absolute Krönung erschaffen. Seine niederträchtigen Gene wurzelten ja auch in einem diesbezüglich stabilen Fundament: Mit Erfolg leierte seine Großmutter, damals noch im Sudetenland beheimatet, ihrem Vater - zum Nachteil ihrer drei Schwestern - den ertragreichen Hopfenanbau aus dem Kreuz. Seine Mutter verstand es, dem jüngsten Bruder ihres Vaters an der restlichen Familie vorbei seine vier Mietshäuser in Prag abzuschwatzen. Und Henning, nun, der schaffte das schier Unmögliche: Er umgarnte die durch seine Mutter einst fulminant geschädigte Tante Gertrud und gewann ihr Vertrauen. Denn Tante Trude war trotz des Erbbetrugs ihrer Schwester eine reiche Frau geworden. Zum einen durch ihre Heirat mit dem früh verstorbenen Düsseldorfer Fabrikanten

Gerd Francke, aber in erster Linie, weil auch sie es verstanden hatte, anderen Leuten das Geld aus der Tasche zu ziehen. Ihre Zielgruppe waren schlicht und ergreifend alte, wohlhabende Leute, die in einem renommierten Bonner Seniorenheim ihre letzten Tage verbrachten. Gewiss, Gertrud Francke kümmerte sich um diese alten Menschen, ging mit ihnen spazieren oder essen, hin und wieder sogar in die Kirche, wenn's denn unbedingt sein musste, so kurz vor dem Sterben. Die von ihr so betreuten fünf Senioren hinterließen Gertrud *in tiefer Dankbarkeit* ein sattes Vermögen, insgesamt weit über der Millionenschwelle. Dass nun diese, eigentlich auch mit allen Wassern gewaschene Gertrud Francke ausgerechnet ein Opfer ihres Neffen Henning wurde, lag wiederum an ihrem stillen Suff, von dem er zufällig erfahren hatte. Und diesen wollte er jetzt für sein Vorhaben nutzen.

Er wäre kein Bachmann, würde er nicht wissen, wie seine Mutter seinerzeit ihre Schwester Gertrud nach Strich und Faden betrogen hatte, bis hin zu jener schönen, schwarzen Perlenkette, von der sie bis heute steif und fest behauptet, sie sei in den Kriegswirren verloren gegangen. Inzwischen war diese Kette aber in seinem Besitz, dies allerdings wiederum ohne Kenntnis seiner Mutter. Er war halt ihr Sohn...

Natürlich waren Freude und Dankbarkeit der Tante über das so plötzliche Wiederauftauchen ihrer geliebten Kette groß. Und darauf wurde selbstverständlich getrunken. Henning gab sich mit einem, Gertrud allerdings erst mit fünf Gläschen zufrieden.

„Das ist doch ein Leben, mein lieber Henning, wenn meine strenge Haushälterin mal aus dem Haus ist", freute sie sich wie ein kleines Mädchen, und schenkte sich dank ihrer wieder erlangten persönlichen Verfügungsgewalt über den hochprozentigen Stoff ein sechstes Glas ein. Das war Hennings Stichwort:

„Dann schmeiß sie doch raus! Was die kann, das kann ich schon lange. Also, wo liegt das Problem?"

Gertrud fühlte sich beschwingt, alles war so leicht, so schön, ohne Probleme.

„Ja", sagte sie, schaute ihn mit ihrem bereits leicht glasigen Blick beglückt an und nickte schließlich heftig mit dem Kopf, „so machen wir es, raus mit ihr! Zum Wohl!"

Und so geschah es. Jetzt ging alles Schlag auf Schlag. Die Tante bekam ihren Stoff und der Neffe alle Vollmachten. Als erstes erwirkte Henning bei Gericht ein generelles Umgangsverbot für den Rest der Familie, die längst auch ein Auge auf dieses reiche Familienmitglied geworfen hatte. Untersagt wurden Besuche und jegliche andere Kontaktaufnahme. Immerhin war Gertrud Franckes Vermögen alles in allem, ohne die Villa und ihre Fabrikanteile, schon beachtlich. Um nun vor der restlichen Familie, in erster Linie Gertruds beiden Schwestern, also auch seiner eigenen Mutter, ganz sicher sein zu können, nötigte er seine Tante, ihre Villa sowie die ihr vererbten Firmenanteile zu verkaufen, was problemlos über die Bühne ging. Mit diesen zusätzlichen Millionen setzte sich Henning Bachmann samt Tante ins sächsische Chemnitz ab, wo er in bester Wohngegend geräuschlos von einem ehemaligen Stasioffizier eine stattliche Villa erstand.

Henning Bachmann war am Ziel. Mit dem Umzug nach Sachsen, der im Übrigen der Tante den ungeschmälerten Kornkonsum weiterhin sicherstellte, war er von ihr dankbar zum Alleinerben bestimmt worden. Keiner aus der ausgetricksten Familie konnte hier mehr stören und Kohle abgreifen. Und während Tante Gertrud selig vor sich hin süffelte, machte Henning sich daran, das prächtige Haus wieder aufzumöbeln. Besonders war ihm an der Restaurierung der edlen Eichenholztäfelung in der ehemaligen Bibliothek gelegen. Aber nach dem Motto *Geld verdiene immer nur ich* gestalteten sich die Verhandlungen mit den zahlreichen Kunstschreinern der Region schwierig. Schließlich hatte er einen profunden aber gutmütigen Fachmann aus Thüringen, den diese Arbeit reizte, überreden können, zu seinen

Konditionen für ihn zu arbeiten.

Es war an einem trüben Dienstagvormittag. Bachmann war mit Tantchen nach Berlin unterwegs, als Heribert Seifert von seinem Gesellen auf ein kleines Ledersäckchen aufmerksam gemacht wurde, das nach dem Ablösen des ersten Paneels jetzt zwischen dem zweiten Paneel und der Wand sichtbar wurde. Der erfahrene Kunstschreiner dokumentierte den Fund fotografisch mit seinem Mobiltelefon und zog dann vorsichtig das Säckchen ans Tageslicht. Da er mit seinen immerhin schon 78 Jahren noch Kriegserinnerungen hatte, stieg in ihm eine ganz bestimmte Ahnung auf. Das Gewicht des Fundes überraschte den für sein Alter auch technisch noch sehr versierten Handwerksmeister. Dann bat er seinen Gesellen, das nicht verschlossene Säckchen in die Hand zu nehmen, während er mit seinem Smartphone das anschließende Ausschütten des Inhalts auf den Tisch filmte.

„Diamanten!" stieß der Geselle überrascht hervor, während sein Meister seelenruhig mit dem Zählen begann. Es waren 127 geschliffene und 13 Rohdiamanten mittlerer Größe. Die meisten hell und zum Teil rosa schimmernd.

„Wohl ein Millionenvermögen", konstatierte Seifert und füllte die Steine wieder in das Säckchen.

„Und nun?" fragte sein Geselle in seinem jugendlichen Leichtsinn.

„Nix und nun", äffte sein Meister zurück, „das gehört Herrn Bachmann", und verstaute vorsichtshalber den wertvollen Fund in seiner Brotdose.

Kurz vor 18 Uhr standen sich Henning Bachmann und der Kunstschreiner Heribert Seifert mit seinem Gesellen in der Bibliothek gegenüber.

„Wer weiß noch von diesem Fund?" fragte Bachmann als erstes ohne auch nur ein Wort des Dankes oder der Anerkennung für Seiferts Ehrlichkeit übrig zu haben. Nervös nahm er den Handwerksmeister ins Visier: „Ja, ja, danach wurde in unserer Familie schon lange gesucht. Der Krieg, wissen Sie?"

Heribert Seifert wusste...

„Ja, der Krieg...", wiederholte er nur.

Seifert glaubte ihm kein Wort. Diese erste Frage war es, die ihn hellhörig werden ließ. Er wusste auf Anhieb, dass Bachmann log. Seine Ehrlichkeit begann ihm bereits leidzutun. Sollte er sich so getäuscht haben mit seinen 78 Jahren? Aber die Steine waren nun mal in Bachmanns Besitz. Als Seifert sich in seine Pension verabschiedete, zeigte er kurz auf seinen Gesellen und sagte:

„Und der quatscht auch nicht."

Henning Bachmann hatte nur ein Nicken für die beiden übrig, zog sich in sein Turmzimmer zurück, verschloss sicherheitshalber die Tür und begann mit der Prüfung der Steine. Mittels einer starken Lupe versuchte er nun die wichtigen vier C - Color (Farbe), Clarity (Reinheit), Cut (Schliff) und Carat (Gewicht) - zu bewerten, und wusste schnell, dass vor ihm, auf diesem kleinen Mahagonitischchen, ein kleines, oder besser gesagt ein großes Vermögen lag.

Er war hochzufrieden und genehmigte sich einen doppelten Cognac. Dann sicherte er die Steine unter seinem Kopfkissen. Auf dem Weg zu seinem Bankschließfach am nächsten Tag dachte er an vieles, nicht aber an einen - zumindest moralisch angemessenen - Finderlohn. Diesen, *seinen* Schatz, wollte er unter allen Umständen geheim halten. Die Ungewissheit allerdings, woher - und vor allem von wem - diese wertvollen Diamanten nun tatsächlich stammten und mit welchen Rückforderungen er möglicherweise noch zu rechnen haben könnte, beunruhigte ihn schon sehr. Um alles in der Welt ging es Bachmann ums Behalten - um nichts anderes.

Er wusste davon, dass alle Juden bis zum Juli 1938 ihr gesamtes Vermögen gegenüber den Nazis zu deklarieren hatten. Folglich musste es sich bei diesen Steinen um nicht deklariertes Vermögen handeln. Dies wiederum könnte zur Folge haben, dass es über diese Steine keinerlei Vermerke offizieller Art geben würde, was Ansprüche von Hinterbliebenen so gut wie ausschloss.

Henning Bachmann brauchte Zeit. Also beschloss er fürs Erste, seinen ehrlichen Kunstschreiner dreist für dumm zu verkaufen.

„Ich habe", eröffnete er am anderen Morgen die routinemäßige Arbeitsbesprechung in der Bibliothek, „den Fund zwecks Wertfeststellung in Antwerpen unserem Familienanwalt übergeben. Sobald ich mehr weiß, komme ich auf Sie zu."

„Ach, die Steine sind im Augenblick gar nicht in Ihrem Besitz?" fragte Seifert erstaunt.

„Nein. Warum fragen Sie?"

„Ich hätte den Fund gerne in Ihrer Gegenwart dokumentiert, und dann von Ihnen bestätigt bekommen."

Bachmanns Abwehrhaltung registrierte Heribert Seifert sofort. Er musterte ihn misstrauisch, ohne dass dies Bachmann aufgefallen wäre.

„Völlig unnötig, Herr Seifert. Sie haben die Steine meiner Familie in meinem Haus gefunden und mir persönlich übergeben, das dürfte Ihnen wohl genügen. Und jetzt möchte ich Sie bitten, Ihre Arbeit zu machen."

Verhält sich so ein rechtmäßiger Eigentümer? ging es Seifert grüblerisch durch den Kopf. Es ging dem alten Mann um die Rechtmäßigkeit des Besitzes dieser wertvollen Steine, um nichts anderes. Nach dieser Devise lebte und arbeitete Seifert die vergangenen sechs Jahrzehnte, ohne dass ihm je etwas gefehlt hatte. Dann machte er wieder seinen Job.

Zwei Tage später hatte er alle 48 Paneele abgebaut und sorgfältig auf dem Kleinlaster verstaut, um sie in seine Spezialwerkstatt nach Suhl zur Aufarbeitung zu bringen. Erleichtert und zufrieden verabschiedete Henning Bachmann seine beiden Handwerker, ohne den Fund noch einmal zu erwähnen.

Während sein Geselle direkt nach Suhl fuhr, begab sich Seifert ins Stadtarchiv. Es war unbürokratischer als er befürchtet hatte. In weniger als 20 Minuten wusste er, dass nie eine Familie Bachmann diese hundertjährige Villa erbaut, noch in dieser gewohnt hatte. Vielmehr war die Villa seit ihrer Erbauung im Besitz der altansässigen jüdischen Juweliere Goldmann, einst großzügige Mäzene der Stadt Chemnitz. Henning Bachmann hatte da wohl eine Kleinigkeit nicht bedacht, ging es Seifert sarkastisch durch den Kopf.

Wieder ein Stück mit seiner Welt zufriedener machte er sich an seine Arbeit, allerdings nur vordergründig. Akribisch überprüfte der Kunstschreiner zunächst die nummerierten Eichenpaneele, um sie dann, eines nach dem anderen, von Hand schonend zu reinigen. Da kam ihm ein phantastischer Zufall zu Hilfe: Das Paneel Nummer drei war seltsamerweise schwerer als alle anderen Paneele. Bei näherer Kontrolle fiel ihm eine dünne, von hinten auf das Paneel nicht gerade professionell aufgeleimte Sperrholzplatte auf, die sich leicht ablösen ließ. In durchsichtigem Cellophan gesichert, fielen ihm zwei Dokumente vor seine Füße. Beide Papiere waren von dem Berliner Notar Joshua Eisenstein verfasst und trugen das Datum vom 9. November 1938, dem Tag der Reichspogromnacht. Das erste Dokument bestätigte mit zwei aufgeführten Zeugen die Richtigkeit dessen, was im zweiten Dokument zu lesen war:

Die hier in großer Not und Verzweiflung versteckten 127 achtkarätigen Diamanten und 13 Rohdiamanten im Hause unseres ehrenwerten Freundes Samuel Goldmann, Neffe des Diamantenhändlers Mendel Grünebaum, Antwerpen, sind Eigentum der nachfolgend aufgeführten Familien:

Emanuel L.: 15 Steine, Berlin
Schmuel B.: 20 Steine, Leipzig
Chaim G.: 25 Steine, Dresden
Edel G.: 30 Steine, Hamburg
Joshua.E.: 25 Steine, Potsdam
Mendel L.: 12 Steine, München
Die 13 ungeschliffenen Diamanten sind Eigentum der Familie Moshe B., Bremen.

Kopie dieser Dokumente: W & S Banque Int., Antwerpen, Avenue Royal 1a, Code: '18'

Es folgten Unterschrift und Siegel.

„Also doch", brummte Seifert zornig in sich hinein, „Bachmann will - wen auch immer - betrügen."

Aber nicht mit ihm, nicht durch sein Stillschwei-
gen. Er übertrug sofort seinem Gesellen die Aufarbeitung der Paneele, mit der Maßgabe, sorgfältig zu
arbeiten, was übersetzt hieß, sich mit dieser Arbeit
Zeit zu lassen, viel Zeit.

Heribert Seifert stieg in sein Rechnungsarchiv
und fand, was er suchte: Eine Rechnung aus dem
Jahre 1986, ausgestellt an die *W & S Banque Int.* in
Luxemburg. Es war jener sensationelle Auftrag, den
ihn Ostberlin seinerzeit erlaubte anzunehmen, weil
es um die Restaurierung der von seinem Großvater
damals installierten Eichenholztäfelung im Direkti-
onsbereich der Bank ging.

Er brauchte jetzt Kontakte, denen er bedingungs-
los vertrauen konnte, und die sah er in den Luxemburger Bankern, denen der Name Seifert, Suhl, nicht
unbekannt war.

Zwei Tage später saß er in der Luxemburger
Zentrale Generaldirektor Tim Jacobson und dessen
Justiziar Ben Claus gegenüber. Beide Herren studier-
ten aufmerksam die beiden Dokumente. Und dann
horchte Seifert auf. Jacobson tippte plötzlich auf die
angegebene Adresse und sagte mit Bestimmtheit:

„Herr Seifert, ich bin mir sicher: Dort in unserer
Antwerpener Filiale liegt das Dokument mit den
vollen Familiennamen der Eigentümer."

Jetzt schaltete sich der Jurist in das Gespräch ein.

„Wir werden mittels dieses hier angegebenen Codes die Cassette nach Luxemburg beordern, dann können wir schon morgen Nachmittag über die Namen der tatsächlichen Eigentümer verfügen."

Heribert Seifert verstand in diesem Moment überhaupt nichts und schaute die beiden auch entsprechend fragend an.

„Die *W & S Banque Int.* in Antwerpen untersteht unserer Generaldirektion", erklärte er Seifert zum besseren Verständnis seinen Vorschlag, mit dem dieser jetzt natürlich einverstanden war. Nachdem die Order an die Antwerpener Bank raus war, drängte der Jurist Seifert, sofort Interpol einzuschalten, um die Steine so schnell wie möglich sicherstellen zu können. Die leitenden Herrn von *INTERPOL Luxembourg* wurden wegen der Brisanz dieses Falls in die Bank gebeten und sichteten dort den von Seifert sorgfältig dokumentierten Fund wie auch das Ergebnis seiner Recherche im Chemnitzer Stadtarchiv. Keine Stunde später war Henning Bachmann international zur Fahndung ausgeschrieben.

Ohne Tante Gertrud, aber dafür mit zehn Achtkarätern, hatte sich Bachmann mit seinem noch in Düsseldorf zugelassenen Mercedes S 350 in aller Frühe über Leipzig und Dresden nach Berlin auf Verkaufstour begeben. Von den zwölf angesprochenen

Juwelieren zeigten sich acht interessiert. Bereits in Leipzig und Dresden hatten sechs Steine zum Preis von je 90 000 Euro den Besitzer gewechselt. Von seinen drei Berliner Interessenten waren jedoch zwei bereits in der ersten Verhandlungsrunde ausgestiegen. Thorsten Tetzlaff, alter Berliner Juwelieradel, prüfte und prüfte, und stellte Bachmann dabei Fragen, die dieser allmählich als ziemlich belästigend empfand.

„Was sagen Sie zu diesem Schliff, Herr Bachmann? Es ist ein ganz außergewöhnlicher Schliff, den nur sehr, sehr wenige beherrschen. Einer von ihnen ist der Großonkel meiner Frau, der berühmte Mendel Grünebaum in Antwerpen. Ich möchte darauf wetten, dass er diese Steine auch geschliffen hat. Was war noch mal Ihr Preis, Herr Bachmann?"

„Hunderttausend", erwiderte Bachmann knapp. Ein maliziöses Lächeln huschte über Tetzlaffs Gesicht.

„Einverstanden", sagte der Juwelier und holte acht Päckchen mit neuen 200 Euro-Scheinen aus seinem Panzerschrank. Dass Henning Bachmann die mit Banderole versehenen Banknoten nicht nachzählte, sondern auffallend eilig aufbrach, ließ einen verwunderten Juwelier zurück.

Sinnigerweise hatte Tante Gertrud ihren Nordhäuser Korn in ihrer rechten Hand, als sie jenen drei Herren die schwere Tür öffnete, die sie sehr be-

stimmt aber freundlich nach Herrn Henning Bachmann fragten.

„Mein Neffe", sagte sie, und schwankte den Männern in den Salon voraus, „der ist auf Verkaufstour."

Mit weit ausholender Geste und der Flasche in
der Hand, lud Gertrud zum Platznehmen ein.

„Auch einen?" fragte sie mit sehr gelockerter
Stimme und schenkte sich großzügig nach.

„Gern", sagten die Männer beinahe einstimmig,
die ein gewisses Vergnügen an dieser
angeschickerten Alten hatten. Und außerdem ließ es
sich im trauten Kreis bekanntlich besser plaudern.

„Ach, auf Verkaufstour ist Ihr Neffe also? Was verkauft er denn?" fragte einer der Männer interessiert.

Gertrud schaute vergnügt in die Runde, nahm einen Schluck, und sagte in sich hinein glucksend:

„Henning denkt, ich bekomme bei meinem kleinen feuchten Laster nicht mit, was er so treibt. Er
verkauft Edelsteine, die hier in diesem Haus versteckt waren. Ein Schreiner hat sie gefunden. Ich
habe alles genau beobachtet. Es war ein kleiner di-
cker Ledersack mit funkelnden Edelsteinen. Genau."
Gertrud nickte bedeutungsvoll mit dem Kopf.

„Und wo sind diese Edelsteine jetzt?" fragte der
Wortführer der drei und hielt Gertrud sein Glas zum
Nachschenken hin, was ihn ihr sehr sympathisch
machte. Gertrud schlug sich kichernd auf die Oberschenkel.

„Er hat ständig neue Verstecke. Meinetwegen. Verstehen Sie? Aber ich finde sie regelmäßig! Immer wenn er unterwegs ist. Jetzt sind die Steine in dem Saum dieses schweren Vorhangs versteckt, und er denkt, ich weiß es nicht. Prost..."

Einer der Männer prüfte Gertruds Angaben und setzte sich zufrieden nickend wieder in die Runde.

„Du hast Besuch, Gertrud?" fragte Henning Bachmann, der unbemerkt in den Salon getreten war, misstrauisch.

Dann ging für Bachmann alles viel zu schnell. Überrascht von der sich plötzlich präsentierenden Staatsmacht bestätigte er noch betreten seine Personalien, als auch schon die Handschellen klickten und die prallen Geldbündel in seinem Aktenkoffer sichergestellt wurden. Jetzt mussten nur noch die restlichen Diamanten aus dem Vorhangsaum zu Tage gefördert werden.

Gertrud sah den Neffen noch im Polizeiauto davon fahren, als sie die nüchterne Feststellung traf:

„Jetzt muss ich wohl meine Schwestern mal anrufen."

„Türen werden nicht nur zugeschlagen,

es gehen auch Türen auf.

Bloß macht das weniger Lärm."

Hans Derendinger

@ Kontakt und Kritik:

buchkritik.2019@gmail.com

FSC
www.fsc.org

MIX

Papier | Fördert
gute Waldnutzung

FSC® C083411

Zeitfracht Medien GmbH
Ferdinand-Jühlke-Straße 7
99095 Erfurt, Deutschland
produktsicherheit@kolibri360.de